In caso di smarrimento rimandare a

....

....

....

....

Ricompensa:

....

....

Ciao, sono Valentina!
Adesso ho tredici anni, vado alle medie e ho tante nuove avventure da raccontarvi...
ma prima vi presento la mia famiglia e i miei amici!

Irene
TAZIO
il maestro
OTTILIA
Alice
RUSSELL

www.battelloavapore.it

Editing, impaginazione e redazione: Aurion Servizi Editoriali S.r.l.

I Edizione 2009

15033 Casale Monferrato (AL) - Via G. del Carretto, 10
www.edizpiemme.it - info@edizpiemme.it

Stampa: Mondadori Printing S.p.A - Stabilimento NSM - Cles (TN)

Angelo Petrosino

Hello, Valentina!

Illustrazioni di

Sara Not

PIEMME Junior

Alla Carbeile Junior School di Torpoint
A Rosemary e Valerie
A Plymouth

Chiavi per nuovi mondi e nuovi amici

Mi capita spesso di parlare della scuola elementare, in particolare del mio maestro. Gli devo davvero molto. Due cose soprattutto: la passione per la lettura e per le lingue straniere.

Se ogni volta che apro un libro ho l'impressione di affacciarmi su un paesaggio fantastico punteggiato di colori, di emozioni e di sogni, è perché Angelo ci ha accolti tutte le mattine a scuola leggendoci una storia. Quanti viaggi ho fatto in compagnia della sua voce e di quella dei personaggi che vivevano le loro vite nelle pagine di un libro!

Io e i miei compagni non ci siamo mai sentiti così uniti, come quando il maestro si sedeva in cerchio insieme a noi, apriva il libro, ci guardava negli occhi e chiedeva: «Siete pronti?».

«Siamo pronti!»

«Allora si parte.»

E si partiva davvero. Perché l'aula scompariva e ci trasferivamo tutti in un passato lontano o in un presente così prossimo da toccarlo con mano, così vero da sembrare il nostro. Nei libri che ci leggeva c'era a volte Torino, e io rivedevo la mia città circondata da un alone di incanto e di magia.

Quando il maestro finiva di leggere, chiudevo gli occhi. Sapevo che quando li avrei riaperti, mi sarei ritrovata nella mia classe e sarei tornata alla vita di tutti i giorni. Ma sapevo anche che non sarei tornata come ero prima che il maestro cominciasse a leggere. Ogni volta sono sempre tornata diversa, ogni storia mi ha sempre cambiata un po'.

«È come se si fosse prodotto un miracolo» dicevo al maestro.

«È il miracolo delle storie, Valentina.»

L'altra passione del maestro erano le lingue straniere. Spesso si divertiva a parlarci in francese, in tedesco, in inglese, in spagnolo e persino in russo.

«Provate a indovinare che cosa ho detto?» ci chiedeva.

«E chi ci ha capito qualcosa, Angelo?»

«*Pay more attention and you'll understand.*»

«Cos'hai detto?»

«*Voy a decirlo de una manera mas sencilla.*»

«Come?»

«*Mais vous ne faites pas attention du tout!*»

«Eh?»

«*Verstehst du nicht auch, Valentina?*»

Un vero spasso, certo. Ma io ero anche attratta e incuriosita da queste frasi come da una raffica di indovinelli cui non riuscivo a dare una risposta.

«Come fai a conoscere tante lingue, Angelo?»

«Le ho studiate da giovane.»

«Dev'essere difficilissimo.»

«Ma no, ci vuole solo passione.»

«E come ti è venuta questa passione?»

«A un certo punto mi sono reso conto che conoscere le lingue è come avere tante chiavi per entrare in mondi diversi e conoscere gente nuova. E siccome sono sempre stato curioso, mi sono messo a studiarle e non mi sono più fermato.»

Anch'io sono curiosa, perciò ho cominciato a studiare l'inglese fin dalla seconda elementare. Il maestro lo conosceva molto bene, e ce lo insegnava in modo efficace e divertente. Ci parlava dei suoi viaggi in Inghilterra, delle scuole della Cornovaglia che visitava ogni anno, delle sue lunghe camminate nelle brughiere, ma anche delle sue passeggiate per le strade di Londra, alla ricerca di librerie antiquarie in cui scoprire libri scritti più di cento anni fa.

Quando Angelo ci parlava dei suoi viaggi, si emozionava come un bambino. Lui non viaggiava tanto per distrarsi, andava piuttosto alla ricerca di storie da cui potesse imparare qualcosa di nuovo su di sé e sul mondo.

Il maestro era anche un grande appassionato di musica, e spesso ci insegnava l'inglese facendoci imparare i testi delle canzoni che amava.

«Una canzone è anche una poesia» ci ricordava. «E una poesia è spesso una visione originale del mondo e della vita. Ci tiene compagnia e ci insegna molte cose che non conosciamo, dà voce ai nostri desideri e ai nostri sogni.»

Non dimenticherò mai l'emozione che provai quando ci lesse e ci fece ascoltare la canzone *Imagine* di John Lennon. A volte mi accoccolo sulla poltrona o mi sdraio sul letto, chiudo gli occhi e la canto. La riascolto ogni volta che vedo succedere nel mondo cose brutte, come le guerre fra popoli vicini e lontani.

Imagine there's no heaven
It's easy if you try
No hell below us
Above us only sky
Imagine all the people
Living for today...

Imagine there's no countries
It isn't hard to do
Nothing to kill or die for
And no religion too
Imagine all the people
Living life in peace...

You may say I'm a dreamer
But I'm not the only one
I hope someday you'll join us
And the world will be as one

Imagine no possessions
I wonder if you can
No need for greed or hunger
A brotherhood of man
Imagine all the people
Sharing all the world...

"Immagina che non ci siano il paradiso e l'inferno... che non ci siano nazioni... niente per cui uccidere o morire… Immagina che tutti vivano la loro vita in pace… Forse dirai che sono un sognatore... ma non sono il solo... Spero che anche tu un giorno ti unirai a noi... e che il mondo diventi uno solo... Immagina un mondo senza avidità o fame... Immagina la fratellanza tra le persone... che tutti condividano il mondo intero..."

A volte alzo la cornetta del telefono e chiamo il maestro, solo per dirgli: «Grazie, Angelo».

«E di cosa, Valentina?»

A questa domanda non so cosa rispondere, ma sento che mi si forma un piccolo groppo in gola. Il maestro rispetta il mio silenzio. So che capisce quali emozioni turbinano nella mia testa e nel mio cuore. Ha accompagnato la mia infanzia con una presenza sicura che mi ha spesso rasserenata e resa più forte.

Un giorno gli chiesi: «Perché hai deciso di fare il maestro?».

«Sono diventato maestro per caso, ma poi ho deciso di rimanere nella scuola perché mi sono accorto che sapevo parlare con i bambini. E, soprattutto, sapevo ascoltarli.»

«Ci hai insegnato molte cose.»

«Sono di più quelle che voi avete insegnato a me.»

Una prof d'inglese originale e frizzante

La prof d'inglese dell'anno scorso era brava, conosceva perfettamente la lingua, ma la insegnava in modo tradizionale con regole, esercizi, verifiche.

Per me andava bene lo stesso. Io infatti studio l'inglese a modo mio quando sono a casa: cerco testi di canzoni, vedo piccoli filmati della BBC per bambini e ragazzi su Internet... cose così.

Ma alcuni dei miei compagni non fanno nessuno sforzo per imparare. Dicono che sono negati per le lingue e che la prof con loro perde il suo tempo. Almeno, così dicevano fino all'anno scorso, quando facevano disperare l'insegnante con le loro sbuffate e la loro indifferenza.

Quest'anno, invece, due giorni dopo l'inizio della scuola, è arrivata in classe una nuova professoressa d'inglese. Ha trent'anni, è alta, sempre in movimento, con la bocca aperta al sorriso e la mano che rimette continuamente a posto un ricciolo ribelle che le scivola davanti agli occhi.

Appena è entrata, ha lanciato una specie di occhiata di sfida in giro, si è seduta sulla cattedra e ha detto con voce squillante: «*Hi, kids. I'm sure we'll get on well together*».

Era una frase semplice, l'abbiamo capita in tanti e Gina le ha risposto: «*We hope so, teacher*».

La prof è stata felice di sentire la risposta di Gina e ha subito aggiunto: «*Good. My name is Miriam. I love my job and I love the language I'm going to teach you. I'll do my best not to bore you*».

Anche questa non era una frase difficile. Ci aveva detto che le piaceva il suo lavoro e che ci avrebbe insegnato l'inglese senza annoiarci.

Quando ho tradotto la frase della prof, alcuni dei miei compagni hanno fatto spallucce e Sandro ha borbottato: «Dicono tutte così. Per me non cambierà nulla».

Miriam, però, ci ha subito dimostrato che aveva parlato sul serio e che la sua promessa non era campata in aria.

Fin dalla volta dopo, infatti, è arrivata in classe

con dei Dvd di film in lingua originale sottotitolati in italiano.

«Conoscete i film di Hitchcock?» ci chiese.

Rispondemmo quasi tutti di no.

«Io li adoro» continuò Miriam. «Sono carichi di tensione, raccontano le nostre ansie e paure. Comincerò col farvi vedere *Rebecca, la prima moglie*.»

Prima di inserire il Dvd, ci raccontò parte della trama, ricavata dal libro con lo stesso titolo della scrittrice Daphne du Maurier. La storia si svolge in Cornovaglia, una contea dell'Inghilterra meridionale che lei conosce particolarmente bene, insieme alla contea confinante del Devon.

Il film mi piacque molto. Parteggiai subito per la seconda moglie del protagonista e detestai la malvagia governante, la signora Danvers, che alla fine, per odio e gelosia, incendia la grande villa morendo sotto le sue macerie.

Nessuno di noi, credo, fece attenzione ai dialoghi in inglese. Ma tutti seguimmo con gli occhi i sottotitoli in italiano, presi dalla storia e dalle inquadrature del film. Mi rimase impresso, soprattutto, il fragore delle onde che si rovesciavano schiumose sugli scogli.

Miriam ci fa ascoltare anche delle canzoni, mentre noi seguiamo con le dita i testi accompagnati dalla traduzione. Lei ama Leonard Cohen, Bruce Springsteen, Sting e Stevie Wonder.

Inoltre Miriam inventa brevi dialoghi che hanno per protagonisti ragazzi come noi, e ci chiede di impararli a memoria e di recitarli in classe.

La sua passione più grande, però, credo sia Shakespeare.

«Fu un genio, ragazzi, un genio, credete a me» ci dice. «Nelle sue tragedie e commedie ha rappresentato la vita in tutte le sue sfaccettature. Non c'è sentimento o emozione a cui non abbia saputo dar voce.»

Un giorno Miriam ci ha detto che fa parte di una piccola compagnia teatrale composta da ex compagni di università, e che insieme rappresentano molte tragedie di Shakespeare. Il pubblico è composto da amici e conoscenti.

«Posso venire a vederla recitare, prof?» le ho chiesto una volta scherzando.

«Perché no?»

Così una mattina, per darci un saggio della sua passione per il teatro, Miriam ci ha portati in una grande aula adibita a laboratorio di recitazione, ci ha fatti sedere per terra e ha cominciato a recitare dei monologhi da *Romeo e Giulietta*, tra cui quello famoso di Giulietta:

'Tis but thy name that is my enemy.
Thou art thyself, though not a Montague.
What's Montague? It is nor hand, nor foot,

Nor arm, nor face, nor any other part
Belonging to a man. O, be some other name!
What's in a name? That which we call a rose
By any other name would smell as sweet.
So Romeo would, were he not Romeo call'd,
Retain that dear perfection which he owes
Without that title. Romeo, doff thy name;
And for that name which is no part of thee,
Take all myself.

Solo il tuo nome è mio nemico: tu, sei tu,
anche se non fossi uno dei Montecchi.
Che cosa vuol dire Montecchi? Né mano,
non piede, né braccio, né viso, nulla
di ciò che forma un corpo. Prendi un altro nome!
Che c'è nel nome? Quella che chiamiamo rosa,
anche con un altro nome, avrebbe il suo profumo.
Anche Romeo senza più il suo nome
sarebbe caro, com'è, e così perfetto.
Rinuncia al tuo nome, Romeo, e per il nome,
che non è parte di te, prendi me stessa.

(da *Romeo e Giulietta*, a cura di Salvatore Quasimodo, Mondadori, Milano 1949)

I maschi guardavano stupiti Miriam, che recitava con passione facendo vibrare il corpo, muovendo le mani e aprendo e chiudendo gli occhi.

Io e le altre ragazze, invece, alla fine dell'esibizione abbiamo battuto le mani e chiesto il bis.

«Sarà meglio tenere la cosa fra noi» ci ha detto Miriam ridacchiando e con il viso in fiamme. «Non vorrei che qualcuno avesse da ridire.»

«E per che cosa, prof?» le ho risposto. «Lei recita benissimo, e imparare l'inglese in questo modo è molto bello.»

«Grazie, ragazzi.»

Quando siamo tornati in classe, ci ha fatto trovare i testi inglesi tradotti e ci ha raccomandato di studiarli con attenzione, anche se l'inglese di Shakespeare non è come quello dei giorni nostri.

«Beh, che ne pensate?» ho chiesto dopo ai miei amici.

«È una prof originale» mi ha risposto Ottilia.

«Si vede che ama davvero la scuola e il suo lavoro» ha detto Irene.

«È proprio come Linda» ha osservato Tazio.

«Credo che mi metterò a studiare l'inglese sul serio» ha concluso Rinaldo.

Ottilia gli ha accarezzato un braccio e gli ha detto: «Era ora! Dimostraci quanto sei bravo, se ti metti d'impegno».

Rinaldo si è un po' schermito. Vuole bene a Ottilia, lo sappiamo tutti ormai. Ma gli è rimasta ancora un po' della sua ruvidezza, ed è restio a dimostrare in pubblico i suoi sentimenti.

Di Miriam ho parlato anche con il maestro Angelo.

«Finché nella scuola ci saranno persone appassionate, i ragazzi continueranno ad andarci volentieri» mi ha detto. «Hai già deciso cosa farai da grande, Valentina?»

«Continuo a desiderare di scrivere libri e storie, di viaggiare e di imparare un bel po' di lingue straniere.»

«Un futuro impegnativo! Ma quasi tutto è possibile, quando ci si crede davvero.»

Una proposta emozionante

Stamattina Miriam è arrivata in ritardo. Quando si è affacciata in classe, era tutta affannata e aveva i capelli scompigliati.

– Scusate, ragazzi – ci ha detto lasciandosi cadere sulla sedia. – Ma proprio mentre stavo per uscire di casa, mi ha chiamata Camilla. È una mia amica inglese che abita a Plymouth, nel Devon. Si era dimenticata che loro sono un'ora indietro rispetto a noi, e credeva che mi fossi appena alzata. Sapete, una parola tira l'altra, e poi ci ha pensato il traffico a bloccarmi a trecento metri dalla scuola.

– Non ha bisogno di scusarsi, prof – le ha detto Sandro, che si è messo a studiare l'inglese non solo perché Miriam lo insegna in modo originale, ma anche perché si è un po' innamorato di lei. A volte lo sorprendo a guardarla con certi occhi adoranti!

Io ero incuriosita da questa Camilla. E mentre Miriam riprendeva fiato, le ho detto: – Camilla mi sembra un nome italiano...

– Però lei è inglese al cento per cento, Valentina. È nata a Plymouth e insegna in una scuola media.

– È una prof anche lei?

– Sì. E sapete che cosa insegna? Italiano. Ci siamo conosciute qualche anno fa a un convegno a Trieste sull'insegnamento delle lingue straniere nelle scuole secondarie. E siamo diventate subito amiche, tanto che abbiamo continuato a vederci più di una volta l'anno. A volte viene lei a trovarmi a Torino, a volte vado io a trovarla a Plymouth. È questa la ragione per cui ho imparato a conoscere molto bene sia il Devon, dove abita Camilla, sia la Cornovaglia, dove lei ha dei parenti. A conoscere, e soprattutto ad amare. Mi piacerebbe che anche voi, un giorno, poteste visitare i paesaggi brulli e aspri del Devon e quelli ondulati e lievi della Cornovaglia, le grandi distese di brughiera e le insenature dove irrompe il mare in tempesta, i torrenti che scorrono tra le rocce e le baie dove il tempo sembra essersi fermato...

Eravamo tutti incantati dalle parole di Miriam.

– Si vede proprio che è innamorata di questi luoghi, prof – ho detto io a un certo punto.

– È così, Valentina.

– Quando va a visitarli?

– Sia d'estate sia d'inverno. Dartmoor, per esempio, una zona selvaggia del Devon, quando d'inverno si copre di neve è meravigliosa. Gli alberi agitati dal vento, le acque dei torrenti che scorrono gelide e tumultuose, il cielo che diventa di un grigio duro e compatto... tutto ti lascia senza fiato. E ti sorprendi a formulare pensieri nuovi, che non avresti mai immaginato di avere dentro di te.

Quando Miriam ha smesso di parlare, mi è frullata in testa un'idea. Ho alzato la mano e ho detto: – Prof, perché non facciamo uno scambio di classi?

– Non capisco, Valentina.

– Quando ero in quarta elementare, abbiamo avviato una corrispondenza con dei bambini di una classe di Terni, in Umbria. Prima della fine della scuola, noi siamo andati a trovare loro e loro sono venuti a trovare noi. È stato bellissimo! Noi siamo stati ospiti in un albergo che si affacciava sul lago di Piediluco, loro hanno dormito in un albergo in collina che si affaccia sul Po. Per quasi una settimana noi abbiamo girato buona parte dell'Umbria e loro hanno visitato Torino e mezzo Piemonte. Non dimenticherò mai Perugia e Assisi, la cascata delle Marmore, le fonti del Clitunno... Si chiama "scambio di classi" con incontro finale nelle rispettive scuole e città. Perché non facciamo la stessa cosa con la classe di Camilla? Ai ragazzi di scuola media è permesso andare all'estero, no?

I miei compagni mi hanno guardata come se avessi detto un'assurdità. Tutti tranne Ottilia, che ha spalancato gli occhi e ha annuito energicamente.

Miriam però ha detto: – So di esperienze del genere, Valentina, anche se non le ho mai fatte personalmente. Innanzitutto c'è bisogno del permesso dei genitori e della disponibilità delle scuole e degli insegnanti. Io sarei d'accordo, anche se mi assumerei una bella responsabilità. E bisognerebbe chiedere a Camilla se anche lei è disposta ad assumersela. Inoltre è probabile che ci voglia il consenso dei Comuni interessati, in questo caso di Torino e Plymouth. Però potrei provarci. Voi che cosa ne pensate?

Miriam si è rivolta alla classe, che per qualche secondo è rimasta silenziosa. Finché Ottilia e Irene hanno detto a una voce: – Noi ci stiamo. Ci provi, prof!

Poi, uno dopo l'altro, quasi tutti i miei compagni hanno detto che erano d'accordo.

Sandro però ha osservato: – Ho l'impressione che ci sarà da lavorare parecchio.

– Beh, certo – ha ammesso Miriam. – L'incontro andrebbe preparato bene. Si tratterebbe di conoscere a fondo una città, ma anche i suoi costumi, le sue tradizioni, la sua cultura, e la vita di ragazzi che vivono in una nazione diversa dalla nostra.

– Sarebbe una bella occasione per approfondire il nostro inglese e, soprattutto, per farci nuovi amici all'estero – ho detto io.

– In Inghilterra però bisognerebbe andare in aereo – è intervenuto Sandro. – E i miei sarebbero certamente contrari.

– L'aereo è uno dei mezzi di trasporto più sicuri – ha detto Miriam. – E comunque, non è vero che l'Inghilterra si debba raggiungere per forza in aereo. Io, quando ci sono andata la prima volta, ho fatto il viaggio in treno; a parte l'attraversamento del canale della Manica, che ho voluto fare in nave per godermi la traversata. Comunque, ragazzi, mi sembra inutile discutere di queste cose senza avere la certezza che l'esperienza proposta da Valentina si possa realizzare. Stasera stessa chiamerò Camilla, le parlerò e vedrò che ne pensa.

Al termine della lezione, io, Ottilia, Irene, Tazio, Gianni e Rinaldo ci siamo raccolti intorno al mio banco e abbiamo parlato a lungo di questa eventualità.

– Troppo complicato – ha detto Gianni.

– Anche tu la pensi come Sandro? – gli ha chiesto Irene.

Gianni non le ha risposto e Tazio ha detto: – Mia cugina, quando era in terza media, ha fatto una cosa del genere con la sua classe. Hanno corrisposto per un anno con dei ragazzi francesi e poi sono andati a trovarli. Ma non hanno alloggiato in albergo: ogni ragazzo è stato ospite della famiglia del suo corrispondente. Ed è stato così anche quando i ragazzi francesi sono arrivati a Torino. Mi ricordo che mia cugina ha ospitato una ragazza che si chiamava Corinne. Era una gran chiacchierona, e anche una mangiona.

– Ehi, questa possibilità non l'avevo prevista! – ho esclamato. – Sarebbe persino più bello così. Ci pensate? Vivere per una settimana in una famiglia dove a colazione, a pranzo e a cena si parla solo inglese.

– Per me sarebbe più seccante – ha borbottato Rinaldo.

– Io invece penso che ne varrebbe la pena – gli ha detto Ottilia.

– Comunque tutto finirà in una bolla di sapone, vedrete – ha concluso Rinaldo. – Domani la prof ci dirà che non se ne fa niente. Ne sono quasi sicuro.

Io però speravo che Rinaldo si sbagliasse.

A cena ne ho parlato con i miei genitori.

– Non so se me la sentirei di assumermi la responsabilità di badare a una ragazza che viene da tanto lontano..., – ha commentato mia madre.

– Ma se l'Inghilterra è dietro l'angolo! – ho detto io.

– Sì, basta uscire dal portone e la trovi – ha detto ridendo mio padre.

Quando sono andata a dormire, ho chiesto a Irene di dirmi sinceramente cosa ne pensava.

– Mi piacerebbe davvero – mi ha detto. – Però non credo che potremmo ospitare due ragazze in casa. Dove le faremmo dormire?

– Credo che una soluzione si troverebbe.

– Vediamo cosa ci dice Miriam domani. Buonanotte, Valentina.

– Buonanotte, Irene.

Ma non è stato facile addormentarsi. Ho cominciato a immaginare chi potesse essere la ragazza con la quale avrei corrisposto e ho cercato di darle un nome e un volto.

Il sì di Camilla

Oggi avevamo inglese all'ultima ora, quella più faticosa, quando la testa si piega sul banco e vorresti addormentarti. Ma io ero ben sveglia, e sbirciavo nel corridoio per indovinare dal viso di Miriam quale notizia ci portava.

Miriam è arrivata a passo svelto, come sempre, ma aveva sul volto un'espressione distratta. Si è seduta dietro la cattedra, ha aperto la sua cartella e ha cominciato a tirar fuori libri, quaderni e una penna stilografica.

Noi la guardavamo in silenzio, stupiti dalla sua indifferenza.

– Allora, prof? – ho chiesto finalmente io, che non riuscivo a stare seduta sulla sedia dall'impazienza.

– Allora cosa, Valentina? – mi ha chiesto Miriam senza guardarmi.

– Come *cosa*?! Non doveva telefonare alla sua amica Camilla per parlarle dello scambio di classi?

– Ah, già. Sì, le ho telefonato.

– E qual è stata la sua risposta?

Ero così sconcertata dal comportamento della prof! E quando ho visto che Sandro si è messo a ridere sotto i baffi, mi è venuto quasi da piangere.

Finalmente Miriam mi ha guardata negli occhi e il suo volto, a poco a poco, è passato dall'indifferenza a un'espressione di gioia sempre più evidente.

– Le ho telefonato... – ha cominciato a dire scandendo le parole. – E mi ha detto... in modo molto chiaro... che questa proposta... le sembra parecchio interessante... e che è disponibile... ad accoglierla... senza riserve!

– Urrà! – ho gridato, facendo saltare sul banco il mio astuccio.

– Proprio così – ha ripreso Miriam con enfasi. – Ho aspettato che ne parlasse con la sua classe. Poco fa l'ho richiamata e mi ha detto che anche i suoi ragazzi sono d'accordo. Ma loro vorrebbero essere ospitati nelle famiglie dei rispettivi corrispondenti.

– Proprio come aveva detto Tazio! – ho esclamato. – Sarebbe fantastico!

Sandro ha fatto una smorfia indispettita. Tutti gli altri, invece, hanno cominciato a subissare Miriam di domande, e l'ora è passata a immaginare il cammino che ci accingevamo a percorrere per sbarcare infine a Plymouth.

– Ne parlerò prima di tutto con il dirigente scolastico – ci ha detto Miriam. – È un uomo aperto, e sono sicura che non frapporrà ostacoli. Poi convocherò un'assemblea con i vostri genitori: e con loro non so proprio come andrà a finire. Vi prometto però che cercherò di essere il più convincente possibile. Ma anche voi dovrete darmi una mano, dimostrando a mamme e papà che l'esperienza vi entusiasma e vi interessa davvero. Una volta ottenuti questi consensi preliminari, si partirà con il progetto. Spero proprio che vada in porto. Sono certa che Plymouth e il Devon vi incanteranno.

– Grazie, prof – ha detto Ottilia.

– Aspettate a ringraziarmi. Abbiamo qualche ostacolo da superare.

Ma, incredibilmente, gli ostacoli sono stati superati con molta facilità.

Il preside si è detto entusiasta e ha elogiato Miriam per la sua idea. I genitori, a parte qualcuno che ha espresso dei dubbi sulla responsabilità di ospitare dei ragazzi in casa propria, si sono mostrati disponibili a offrire ai loro figli questa importante opportunità di studio. Miriam, infatti, ha voluto sottolineare soprattutto il valore educativo dello scambio di classi.

Noi ovviamente non stiamo più nella pelle, e abbiamo subito sollecitato Miriam a cominciare il prima possibile il nostro lavoro.

Sandro, tanto per cambiare, è andato subito alla ricerca di una difficoltà: – Avete detto che ci scambieremo delle lettere. Ma come faremo a capirci? Non è che siamo poi così bravi in inglese...

– Nessuna paura, Sandro – lo ha rassicurato Miriam. – Io vi aiuterò a tradurre le lettere dei vostri corrispondenti e Camilla tradurrà le vostre ai suoi alunni.

– Cominciamo noi o loro? – ho chiesto.

– Cominceremo noi. Tra qualche giorno Camilla mi manderà i nomi dei suoi ragazzi e procederemo agli abbinamenti. Che saranno casuali, naturalmente, perché avremo davanti solo dei nomi, senza sapere nient'altro.

– Le femmine corrisponderanno con le femmine e i maschi con i maschi? – ha chiesto Roberto.

– Non per forza. Anzi, io preferirei che ci fosse una “mescolanza di generi”, diciamo così.

– Oltre alle lettere, cos’altro possiamo mandare? – ha chiesto Ottilia.

– Per esempio delle cartoline, perché si facciano un’idea più precisa della nostra città – le ha risposto Miriam.

– E se inviassimo loro anche delle “lettere parlate”? – ho suggerito io. – Tipo delle registrazioni su cassetta, oppure potremmo realizzare un Dvd.

– Sono cose che vedremo via via – ha detto Miriam. – Però preferirei che fosse una corrispondenza tradizionale. Niente e-mail, per esempio, ma carta che resta, carta “personalizzata” che si può conservare e magari incorniciare. Mi piacerebbe riservare la conoscenza “fisica” al momento in cui vi incontrerete davvero e potrete stringervi la mano, abbracciarvi e guardarvi negli occhi.

– Ha già deciso come viaggeremo, prof?

– Abbiamo pensato che treno e traghetto siano la soluzione migliore. Ci prenderemo un paio di giorni in più. Partiremo da Torino la mattina presto, la sera saremo a Londra e dormiremo in albergo. Il mattino dopo prenderemo il treno per Plymouth: in tre ore saremo da Camilla e dai suoi ragazzi.

– Sarebbe bello fermarci almeno un giorno a Londra... – ho detto.

– Ci andrete con i vostri genitori, o con i vostri fidanzati, in un'altra occasione – ha sorriso Miriam.

Io e Irene abbiamo cominciato subito a pensare a come sistemare in casa le nostre future amiche di penna.

– Bisognerebbe mandare Luca a dormire da zia Elsa – ho detto oggi a pranzo.

– Te lo sogni. Io da qui non mi muovo! – ha mugugnato mio fratello.

– Si tratterebbe solo di una settimana.

– Non ci vado!

– Luca, non è un grandissimo sacrificio – ho insistito. – Fai il bravo, dai.

– Non se ne parla.

– Ho paura che non basterebbe comunque, Valentina – ha osservato mia madre. – Ci vorrebbe un altro letto.

Ma zia Elsa, alla quale ho parlato dello scambio di classi, ha risolto brillantemente il problema.

– È semplice, Valentina – mi ha detto. – Tu e la tua amica verrete a dormire a casa mia. C'è una stanza con due letti che non usa mai nessuno, lo sai. Sarà vostra per tutto il tempo che vorrai.

– È una bellissima sistemazione! Sei davvero generosa, zia.

– Per un piccolo favore che faccio a mia nipote? Sarà divertente sentirvi parlare in inglese.

In realtà io non parlo l'inglese con fluidità. Ce ne vorrà di tempo per riuscire a farlo! Però sono alcuni anni, ormai, che lo studio, e in una semplice conversazione credo di potermela cavare senza troppe difficoltà.

Con Irene, Ottilia, Tazio, Gianni e Rinaldo abbiamo deciso di vedere, a casa mia, dei film in lingua originale con i sottotitoli in inglese almeno due volte la settimana.

Al resto penserà Miriam. Ha già distribuito dei dialoghi sulle situazioni più comuni in cui ci si può trovare, e tutti ci siamo messi a studiarli con grande impegno.

– *Good morning. Glad to see you.*

– *Good morning. So am I.*

– *Won't you come in and sit down?*

– I'm sorry, but I can't.
– Why not?
– I'm short of time, you know.
– Well, then. What's up?
– I'd like to see your brother. Is he in?
– Oh, no. He's still at school.

Anche Sandro si sta facendo contagiare dall'entusiasmo degli altri e ha smesso di fare continuamente obiezioni.

Lettere per Plymouth

– Eccoli qua! – ha esclamato Miriam estraendo da una busta arancione un foglietto con i nomi degli alunni di Camilla. Dopo averli trascritti sulla lavagna, è passata agli abbinamenti.

Per fortuna i ragazzi inglesi sono venticinque come noi, così abbiamo potuto facilmente formare tutte le coppie. Solo Gina e Mara, tra le femmine, hanno preferito corrispondere con dei maschi.

Io ho scelto Lisa, Ottilia scriverà a Christine, Irene a Emma. A Tazio è toccato Douglas, Rinaldo si è preso William e Gianni Joseph.

– Non dobbiamo perdere tempo – ha detto Miriam. – Siamo già a fine ottobre. Io e Camilla abbiamo deciso di procedere così: noi andremo a Plymouth verso la metà di maggio; loro verranno a Torino la prima settimana di giugno.

– Cosa scriviamo, prof?

– Cominciate a presentarvi, a raccontare di voi ciò che vi sembra più significativo, a dire che cosa vi aspettate da questo scambio.

– Scriviamo in italiano, naturalmente.

– Sì, certo. Però sarebbe bello se aggiungeste qualche frase in inglese. Credo che a loro farebbe piacere. Su, cominciate. Poi ci penso io a imbustare le lettere e a spedirle.

È stato un momento magico. Nel cuore si agitavano molte emozioni e nella testa si affollavano tanti pensieri. Non sapevo proprio da dove cominciare.

Finalmente ho preso la mia stilografica e mi sono messa a scrivere.

Dear Lisa,

non so ancora nulla di te. Eppure non mi sembra di scrivere a una sconosciuta. Ho desiderato tanto avviare questa corrispondenza, e sono certa che nel corso delle prossime settimane avremo modo di allacciare una bella amicizia.

Mi ha attirato subito il tuo nome. È corto, al contrario del mio. Mi chiedo quante cose abbiamo in comune e quante invece ci rendono diverse nel ca-

rattere, nelle aspirazioni, nei sogni. Io sono molto curiosa e amo farmi sorprendere da tutto quello che incontro sul mio cammino. Mi piace leggere, viaggiare, conoscere gente di ogni parte del mondo. Ecco perché vorrei fare la scrittrice o la giornalista, un giorno.

Ho un temperamento allegro e, quando mi sveglio la mattina, spero sempre che la giornata mi regali qualcosa di bello e di inatteso. Ma anch'io voglio regalare agli altri qualcosa di positivo.

Questo non vuol dire che non abbia anch'io dei momenti di malinconia. A volte arrivano all'improvviso e mi fanno vedere tutto grigio e nero. Ma cerco di reagire subito e di non farmi sopraffare da pensieri bui. Per fortuna ho un'amica della quale mi fido ciecamente e alla quale posso rivolgermi sapendo che mi ascolterà. Ma anch'io sono brava ad ascoltare.

La vita degli altri mi interessa davvero, e mi piace condividere con loro sia le gioie sia i dolori. È così difficile entrare nella testa e nel cuore degli altri! Ma io ci provo sempre, e così imparo a conoscere meglio anche me stessa.

Mi piace avere tanti amici. Per me sono come

tanti contenitori di storie e di emozioni con cui confrontarsi. Spero che anche tu diventerai uno di questi contenitori. E anche se sei così lontana, potremo lo stesso scambiarci pensieri e parole capaci di farci sentire più vicine.

A mano a mano che la nostra corrispondenza andrà avanti, proverò a raccontarti tutto di me. Non ho paura di confessare le mie debolezze, perché non mi piace fingere con gli altri. Qualcuno mi dice che dovrei essere più diffidente: ma con i miei coetanei non mi nascondo mai.

Può capitare che qualcuno mi inganni, e poi ci sto male, ma non voglio perdere la fiducia negli altri a causa di una disavventura.

Ho la fortuna di avere una sorella adottiva e con lei, che ha sofferto tanto prima di entrare a far parte della nostra famiglia, parlo senza paura delle cose belle e delle cose brutte della vita.

E ho anche un ragazzo, con il quale già progetto il mio futuro. Penserai che forse è un po' presto, ma ho scoperto che gli affetti veri sono capaci di portarti lontano.

E per concludere, abito in una città che amo e della quale ti parlerò a lungo nelle prossime lettere, perché anche tu impari ad amarla attraverso le mie parole. Così, quando verrai a trovarmi, sarà come incontrare qualcuno che un po' conosci.

Love,
Valentina

Ho riletto più volte quello che avevo scritto. Mi sono detta che forse ero stata troppo seria ma, quando ci tengo a conoscere veramente qualcuno, sono sempre sincera: penso che questo sia il modo migliore per guadagnarsi la fiducia degli altri. Perciò spero che Lisa, nella sua risposta, sia altrettanto franca e aperta.

Ho chiesto a Irene se voleva leggere la mia lettera. Lei ha risposto di sì, e mi ha fatto leggere la sua.

– Ti dispiace che abbia detto a Lisa che sei la mia

sorella adottiva? – le ho chiesto. – Forse preferivi parlarne tu a Emma...

– L'ho fatto lo stesso. Non c'è nulla da nascondere, visto che è una delle cose più belle che mi siano capitate nella vita.

Anche Ottilia mi ha fatto leggere la sua lettera a Christine.

– Le ho scritto che ho un carattere bizzarro... spero di non averla spaventata! – mi ha detto. – Chissà se mi somiglia almeno un po'... Mi piacerebbe sapere che tipo di rapporto ha con sua madre.

– Se per te è importante, chiediglielo – le ho detto.

– Già nella prima lettera? Mi sembra una cosa troppo personale... Magari si offende e pensa che io sia solo una ficcanaso. Si dice che gli inglesi siano un po' riservati, no?

– Lo scopriremo quando andremo a trovarli. Ma io non mi fido dei luoghi comuni.

– È vero che a colazione mangiano uova e pancetta? – ha insistito Ottilia, perplessa.

– Come vedi, ce ne sono di curiosità da soddisfare! Sarà una corrispondenza interessante, ne sono sicura.

Rinaldo, invece, non ne è così certo.

– Mi sembra di scrivere a una specie di fantasma – ha detto. – William per me è solo un nome, e non so proprio cosa raccontargli. Magari se ne infischia di corrispondere con me. Non so nemmeno se gli piace giocare a calcio!

– Lo scoprirai presto.

– Oh, insomma, potevano almeno mandarci una foto per farci vedere che faccia hanno!

– Invece è stato meglio così – gli ha detto Ottilia. – In questo modo non siamo stati condizionati nella scelta da un paio di occhiali, un pugno di lentiggini o due orecchie a sventola.

– Hai perfettamente ragione – le ho detto. – E tu, Tazio?

– Douglas mi sembra un nome nobile.

– Non è un nome più insolito del tuo! Che cosa gli hai scritto?

– Gli ho chiesto quanti sono in famiglia.

Irene si è rivolta a Gianni e gli ha chiesto: – E tu, come te la sei cavata?

– Ho detto a Joseph che mi piacerebbe conoscere la storia del faro che si affaccia sulla baia di Plymouth.

Sappiamo tutti che Gianni è un appassionato della storia dei fari, e non siamo rimasti sorpresi.

– Spero di salirci, quando andremo a trovarli – ha aggiunto.

Miriam ha raccolto tutte le lettere, le ha imbustate e ha detto: – Oggi pomeriggio vado alla posta a spedirle.

Quando è uscita con il pacco delle lettere sotto il braccio, mi sono sentita al punto di partenza di una bella avventura.

Valentina e Lisa

Già due giorni dopo, ho chiesto a Miriam: – Niente di nuovo?

– Valentina, anche gli aerei hanno bisogno di un po' di tempo per consegnare la posta.

– Magari potrebbe chiamare Camilla e chiederle se...

– Rilassati e aspettiamo.

Ma non sono la sola a fremere d'impazienza. Anche Ottilia non vede l'ora di saperne di più su Christine.

– Quando viene a Torino, voglio trattarla proprio bene. È la prima volta che ospito un'inglese, e mi fa un certo effetto. Nel supermercato che c'è sotto casa ho visto dei biscotti di marca anglosassone. Glieli comprerò, e speriamo che li apprezzi.

– Ottilia, credo che i ragazzi inglesi mangino più o meno come noi. A parte la pasta, forse.

– La cosa migliore sarà trattarli in modo naturale – ha detto Irene.

– Ma sì, dopotutto non vengono dall'altra parte del mondo! – ha detto Rinaldo.

Anche lui, però, non è così indifferente come vorrebbe farci credere.

– William... William... sembra un nome da prepotente – ha confessato a Ottilia.

– Sarà come te – gli ha detto lei. – O meglio, com'eri tu prima di innamorarti di me...

Ottilia è molto innamorata di Rinaldo. E Rinaldo lo è di lei, anche se ancora non riesce a esprimere i suoi sentimenti davanti a tutti. Si sente imbarazzato, ed evita ogni forma di tenerezza nei suoi confronti quando si trova in mezzo agli altri: cioè in presenza dei nostri compagni, che a volte lo stuzzicano e gli fanno ricordare il Rinaldo spaccone di un tempo.

– Quando siamo da soli a casa mia o a casa sua – mi ha confidato Ottilia – è tutta un'altra cosa. Rinaldo deve fare il pieno di tutte le coccole che non ha ricevuto e imparare a farle.

– E così, finalmente, anche tu hai un ragazzo.

– Era ora! Ma fino a quando potrà durare? Tu

che stai con Tazio da un bel po' di tempo, dovresti darmi dei consigli.

– Ascolta il tuo cuore e non avrai bisogno dell'aiuto di nessun altro.

Oggi, alle undici precise, Miriam è entrata in classe. Ha lanciato un'occhiata sorniona in giro, ha posato il suo borsone sulla cattedra e ha esclamato: – Che fatica, ragazzi! Non ho mai portato a scuola una borsa così pesante!

– Devono essere i nostri compiti pieni di errori, prof – ha risposto Sandro.

– No, c'è qualcos'altro. Provate a indovinare...

A queste parole, si è levato un grido: – Le lettere dei ragazzi inglesi!

– Che bravi, avete indovinato al primo colpo!

Tutti abbiamo avuto la tentazione di correre alla cattedra e circondare Miriam, ma lei ci ha bloccati con un gesto della mano e ha detto: – Restate al vostro posto. Passo subito alla consegna.

E ha estratto dal borsone una busta gialla su cui erano appiccicati parecchi francobolli.

Giulia, che li colleziona, ha subito detto: – I francobolli sono miei!

– Faccio la collezione anch'io – ha aggiunto Roberto.

– Calma, calma – ha detto Miriam, che con un tagliacarte ha aperto con studiata lentezza il margine superiore della busta.

– Vediamo che cosa c'è dentro...

– Prof, perché ci tiene sulle spine? – le ho chiesto.

– Perché i momenti di attesa sono tra i più belli della vita.

Dalla busta si sono rovesciati sulla cattedra molti fogli a righe, ai quali erano pinzate cartoline e fototessere.

– Finalmente potremo vedere che faccia hanno! – ha esclamato Giulia.

– Secondo me non saranno molto diversi dai marziani... – l'ha presa in giro Sandro.

– Tu non ti emozioni per nulla – l'ha rimbeccato Giulia.

– Come no? Mi emoziono un sacco quando segna la mia squadra.

– Basta, ragazzi – è intervenuta Miriam. – Vi chiamerò uno alla volta e vi consegnerò la vostra lettera. Provate a tradurla da soli. Poi vi aiuterò io.

Il primo a essere chiamato è stato proprio Sandro.

– Non ci capirò niente, prof – ha detto avvicinandosi alla cattedra.

– Fai uno sforzo. Sarà come cercare di entrare in uno scrigno.

– Ma se non ho la chiave!

Dopo Sandro, Miriam ha chiamato Rinaldo. Poi è stata la volta di Irene e di Ottilia. Sono stata la penultima a ricevere la lettera, quando ormai non riuscivo più a star ferma sulla sedia.

– Davvero curioso, Valentina – ha detto Miriam, trattenendo per un momento la lettera di Lisa prima di consegnarmela.

– Cos'è curioso, prof?

– La tua lettera è scritta in italiano.

– Eh?

– Proprio così. Leggila e fammi sapere la ragione di questo piccolo mistero.

Ho pensato all'ennesimo scherzo di Miriam. Ma quando ho avuto la lettera in mano, mi sono accorta subito che era scritta davvero in italiano, con una calligrafia pulita e tondeggiante. Per prima cosa ho guardato la foto di Lisa: aveva il viso allungato, gli occhi acuti e penetranti, i capelli neri a caschetto e un'espressione intelligente e scanzonata.

Ma non mi sono soffermata molto sulla foto, perché ero impaziente di leggere la lettera.

Cara Valentina,

intanto non meravigliarti di ricevere una lettera scritta in italiano. Ti dico subito che io sono inglese. Però, da una quindicina d'anni, i miei nonni si sono trasferiti in Italia; in Toscana, per la precisione, nel Comune di San Giovanni Valdarno.

Fin da quando ero piccolissima, sono andata a trovarli in vari periodi dell'anno, soprattutto in estate. E continuo ad andarci: per questo ho imparato bene l'italiano. Così ho pensato di scriverti nella tua lingua come un gesto di simpatia nei tuoi confronti. Spero che lo apprezzerai.

Mi è piaciuto molto il ritratto che hai fatto di te

nella tua lettera. Si vede che sei abituata a riflettere molto, sicuramente più di me, che sono molto incostante. Ma abbiamo in comune la curiosità, la voglia di conoscere e di viaggiare. Perciò penso che la nostra corrispondenza non sarà noiosa, e avremo molte cose da dirci.

Naturalmente sono già impaziente di vederti. Devi sapere che io abito in un quartiere molto caratteristico di Plymouth, una bella città con più di 240 000 abitanti, che fu quasi interamente distrutta durante la Seconda guerra mondiale. Sopravvisse, invece, il quartiere del Barbican, dove io abito da sempre, in una vecchia casa lasciataci dai nonni quando si trasferirono in Italia.

Il Barbican è un labirinto di stradine e di vicoli caratterizzato dalla presenza di molte case del periodo Tudor. Ti accompagnerò a vederle quando verrai a trovarmi. Il Barbican è adiacente al porto di Sutton, il porto di mare originario di questa area storica.

Ti dico tutto questo perché vivere al Barbican è un'esperienza sempre nuova ed emozionante. Ci sono vecchie librerie, ci abitano persone originali con temperamento d'artista, e il molo ha una grande attrattiva per me.

Vado spesso a vedere le barche in partenza e quelle che ritornano con il loro carico di pesce. Ogni tanto compero un cartoccio di merluzzo e patate fritte e faccio banchettare i gabbiani che mi circondano con i loro becchi aperti.

Spero che, quando verrai, ci lasceranno molto tempo libero, così potrai visitare il mio quartiere con comodo e ne porterai un bel ricordo in Italia.

Io sono figlia unica, e non so se è una fortuna o un guaio. Mio padre lavora nei cantieri navali di Plymouth, mia madre fa la maestra in una primary school, *che sarebbe una scuola elementare. Ho anche una zia che stravede per me e che abita nel piccolo villaggio di Polperro, in Cornovaglia. Mi piacerebbe tanto fartelo visitare! Potremmo dormire a casa della zia, vedere il villaggio di notte e ascoltare il rumore delle onde del mare che sbattono contro la diga a difesa del porticciolo.*

Sono contenta che tu mi abbia confidato di avere un ragazzo. Ce l'ho anch'io. È un mio compagno di classe. Per il momento non voglio dirti chi è, perché preferisco parlartene a voce quando ci vedremo. Dato che io conosco l'italiano, se vuoi possiamo sentirci al telefono e farci delle confidenze che non restano sulla carta. Alla fine della lettera ti scrivo il mio numero: mi emozionerà molto sentire la tua voce!

A questo punto, mi sembra di non avere nient'altro da dirti. Almeno per il momento. Vorrei che mi dessi più notizie sulla tua città: ne ho sentito parlare molto quando ha ospitato le Olimpiadi della neve.

Un grande abbraccio,

Lisa

Ho letto la lettera due volte. Da un lato ero contenta, dall'altro ero un po' delusa. Avrei voluto ricevere una lettera in inglese per sentire il fascino della lontananza.

Ho fatto leggere la lettera a Miriam.

– Mistero spiegato – mi ha detto con un sorriso. – Non ti fa piacere?

– Solo fino a un certo punto. Quando le rispondo, le chiederò di scrivermi in inglese. Stasera le telefono.

Christine, Emma, Douglas, Joseph, William

Ottilia mi ha mostrato la fotografia di Christine.

– Ha un'espressione un po' triste e malinconica, non ti pare? – mi ha chiesto.

Ho osservato con attenzione la foto della nuova amica di Ottilia, e ho dovuto ammettere che il volto era quello di una ragazza pensosa e smarrita.

– Le avranno scattato la foto in un momento difficile – mi ha detto Ottilia.

– Che cosa ti ha scritto?

– Ho capito solo la metà delle sue parole. Dice che ha un fratello più piccolo, che a scuola non si trova tanto bene e che forse tra un anno si trasferiscono in un'altra città.

– Vuoi che ti aiuti a tradurre la lettera?

– No, vado da Miriam.

Mentre interrogavo Irene su Emma, Ottilia è venuta a interromperci.

– Brutte notizie, ragazze – ci ha detto.

– In che senso? – le ho chiesto.

– Ho parlato con la prof e mi ha detto... mi ha detto che Christine non ha il papà. È una confidenza che le ha fatto la sua amica Camilla perché me la riferisse a voce.

– Vuoi dire che lui e la moglie si sono separati? – le ha chiesto Irene.

– Oh, no, la cosa è più brutta, e mi sono quasi sentita male quando Miriam me l'ha detto. Il padre di Christine è morto l'anno scorso. E sapete dove? Nella guerra che c'è in Medio Oriente, quella di cui si parla sempre in televisione. È terribile! Adesso capisco perché quel viso triste e quella malinconia... Povera Christine! Miriam si è raccomandata di far finta di nulla, nella mia prossima lettera, e di lasciare che sia Christine a parlarmene, se vorrà. Se lo farà, non so se riuscirò a trovare le parole per dirle quanto mi dispiace... È sempre così difficile parlare della morte...

Sono rimasta molto impressionata da questa storia. A volte ciò che si vede in televisione, anche quando è vero, è così lontano e ignoto da sembrare irreale... E quando le immagini scompaiono, è come se quel fatto non esistesse più.

Poi Irene ci ha parlato di Emma. Dalla foto, e dalle cose che scrive, è tutto il contrario di Christine. È bionda, paffutella, sorridente. Ecco la sua lettera.

Cara Irene,

sono felice che tu sia la mia corrispondente. E sai perché? Perché anch'io sono una figlia adottiva come te! Non te l'avrei detto nella mia prima lettera, se tu non mi avessi fatto questa confidenza.

Mi piacerebbe saperne di più sulla tua vita. Per

esempio, come hai scoperto di essere una bambina adottiva. O sei stata adottata da grande? Io sono entrata nella mia nuova famiglia quando avevo un anno, e i miei genitori non me l'hanno rivelato se non quando ne avevo circa sette. È stato uno shock. All'inizio non capivo: cosa voleva dire che mio padre e mia madre non erano davvero mio padre e mia madre? Mi sono sentita incredibilmente confusa.

Il giorno in cui mi è stata fatta questa rivelazione, eravamo a Dartmoor. Stavamo passeggiando nella brughiera, e io stringevo con forza le mani dell'uomo e della donna che poche ore prima mi avevano scombussolato la vita. A un certo punto ho lasciato le loro mani e mi sono messa a correre verso l'immensa distesa pianeggiante che mi si apriva davanti.

Mi ero allontanata di un centinaio di passi, quando all'improvviso il tempo è cambiato. Di colpo è calata una nebbia densa che mi ha isolata da tutto e da tutti. Per un momento, ma solo per un momento, mi sono sentita stranamente bene. Ho provato la sensazione di essere sola al mondo. Non avevo una vita né una storia. Ma quando ho allungato le braccia e mi sono mossa a tentoni come cieca, ho cominciato a gridare: «Mamma, papà! Mamma, papà!».

È passato qualche minuto prima che le nostre mani si toccassero. Ma quando mi hanno stretta nel loro abbraccio, ho pensato che erano loro i miei genitori, e che li amavo. E che non avrei mai più tentato di fuggire.

Dartmoor fa venire sempre questa tentazione a chi la visita la prima volta. Forse capiterà anche a te quando verrai a trovarmi. Ti consiglio di tenerti stretta a tua sorella. In due è più difficile perdersi.

Comunque, io ho un carattere allegro. Amo scherzare e mi diverto a scrivere poesie buffe. Conosci le nursery rhymes? *Io ne so a memoria tantissime.*

There was an old woman
Who lived in a shoe,
She had so many children
She didn't know what to do;
She gave them some broth
Without any bread,
She whipped them all soundly
And put them to bed.

Love,
Emma

Miriam ci ha tradotto in versi la poesia di Emma e ha detto che le *nursery rhymes* sono un bel modo per entrare nel cuore della cultura infantile inglese.

C'era una vecchia
che in una scarpa abitava,
aveva tanti figli
e non sapeva come fare;
gli dava un po' di brodo
senza un po' di pane,
per bene li frustava
e a letto li mandava.

– Emma dev'essere un bel tipo – ha detto Irene.

– Credo che con lei ci sarà da divertirsi.

Il corrispondente di Tazio, Douglas, è un bel ragazzo. Ha un ciuffo sulla fronte che gli dà un'aria sbarazzina e negli occhi lo sguardo deciso di chi sa ciò che vuole.

– Suo padre insegna chimica in una scuola superiore della città di Exeter – ci ha detto Tazio. – E lui vuole seguirne le orme. Se ho capito bene, a casa hanno un laboratorio per fare esperimenti. Dev'essere un tipo intelligente. Mi scrive che la loro casa

è molto grande e che mi hanno riservato una stanza speciale. Ho paura che mi sentirò a disagio.

– Perché? – gli ho chiesto.

– Preferirei una famiglia più semplice.

– Non saranno così fuori dal comune da farti sentire un estraneo, vedrai... E tu, Rinaldo, cosa ci dici?

– Credo che avrò a che fare con un tipo originale – mi ha risposto.

– Un altro futuro chimico o scienziato?

– Macché, tutt'altro. Guardate la sua foto.

William era un ragazzo magrissimo, e la parte superiore del suo volto, dalla fronte al naso, era coperta da un paio di spessi occhiali.

– Non ci ho capito molto, ma deve avere un problema agli occhi.

– Posso leggere la lettera? – ho chiesto a Rinaldo.

– Tieni.

William non aveva scritto molto. Diceva che ci vedeva poco, che senza occhiali era quasi cieco. Ma la cosa non lo preoccupava, ormai se n'era fatto una ragione. Diceva di avere un piccolo computer, che usava con abilità, con funzioni speciali per quelli che vedono poco come lui. Inoltre era bravo a giocare a scacchi, e chiedeva a Rinaldo se per caso aveva la sua stessa passione.

– Figuriamoci! Se non distinguo un pedone da un cavallo! – ha detto Rinaldo, mentre fissava con sconcerto il volto occhialuto di William.

– È simpatico, non trovi? – gli ha chiesto Ottilia.

– Sembra proprio un furbetto – ha ammesso Rinaldo. – Sarà uno di quei piccoli maghi del computer che sanno entrare nei segreti di tutti.

Gianni si grattava il mento ascoltando le nostre considerazioni e sospirava.

– Perché sospiri? – gli ha chiesto Irene.

– Perché ho trovato uno

che somiglia a me quando ero più piccolo.

Irene ha preso in mano la foto di Joseph, ha guardato Gianni e gli ha detto: – Non vi somigliate per niente.

– Non alludevo a una somiglianza fisica.

– Che ti ha scritto nella sua lettera?

– Facciamola leggere a Valentina.

Dopo aver dato una scorsa alla lettera, ho capito a cosa alludeva Gianni e mi sono messa a ridere.

Joseph diceva di essere un tipo molto disordinato, che non si ricordava mai di allacciarsi le scarpe e che usciva di casa senza pettinarsi.

Nella foto, era l'unico che avesse il nodo della cravatta sciolto e il collo della camicia rivoltato.

– Adesso non sei più così svagato – ho detto a Gianni. E mi sono ricordata di quando, alle elementari, Tazio gli infilava i bordi della camicia nei pantaloni.

Le parole di Joseph ci hanno messi di buon umore, e abbiamo riflettuto sul fatto che tutti i nostri amici di penna indossavano l'uniforme scolastica: giacca blu, camicia bianca e cravatta... anche le ragazze! Chissà se le femmine portavano la gonna o i pantaloni... Dovevo ricordarmi di chiederlo a Lisa, quando le avrei telefonato.

Oggi avevamo due ore d'inglese, e Miriam ha impiegato tutto il tempo a tradurre le lettere che avevamo ricevuto.

Ci siamo scambiati le cartoline che ci avevano mandato e ci siamo fatti un'idea più precisa dei luoghi più importanti di Plymouth: dal porto e il suo faro, alla collina dello Hoe che si affaccia sulla baia, all'isola di Drake che la fronteggia.

Ottilia è triste, la voce di Lisa

– Posso telefonare a Lisa? Ci tengo molto a sentire la sua voce – ho chiesto ai miei genitori prima di cena.

– Ma certo, cerca solo di essere breve – ha risposto mio padre.

Stavo per comporre il numero di Lisa, quando è squillato il telefono.

– Pronto?

– Ciao, Vi, sono io.

– Ciao, Otti.

– Mi sento triste.

– Perché?

– Per Christine. Non riesco a non pensarci.

– Sono triste anch'io.

– Mi chiedo come sia non veder più tornare a casa tuo padre. Una sera, o una notte, arriva una telefonata da lontano e ti dicono che l'uomo che ti ha messo al mondo non c'è più... non abbraccerà più tua madre, e tu non potrai più dirgli «papà oggi ho preso un bel voto» oppure «non ti arrabbiare perché ho combinato un guaio»...

– È terribile, Otti. Mi chiedo se chi dichiara una guerra pensa mai alle conseguenze sulla vita delle persone. Come se, indossando una divisa, uno smettesse di essere padre, figlio o fratello. È questo che penso sempre quando vedo in televisione quegli uomini con un elmo in testa e un fucile in braccio. Penso alla paura che provano, ai ricordi che fanno loro compagnia quando si addormentano, quando si svegliano, o quando tutt'intorno rimbombano armi d'ogni genere che devono far impazzire con il loro frastuono.

– Chissà quanto ha pianto Christine... Chissà se è stata lei a consolare sua madre o la madre a consolare lei... Spero che in una delle sue prossime lettere mi parli di queste cose. Sono sicura di poter trovare qualcosa da dire per farle sentire quanto le sono vicina. Ma nello stesso tempo non vorrei essere invadente: le persone hanno il diritto di difendere i loro sentimenti da chi pretende di condividerli senza conoscerli a fondo, non ti pare? Che cosa stavi facendo prima che ti chiamassi?

– Stavo per telefonare a Lisa. Il suo numero in fondo alla lettera è una tentazione troppo grande per me.

– Fammi sapere cosa vi raccontate.

– Contaci, Otti.

– Buonanotte, Vale.

Prima di fare il numero di Lisa, sono tornata nel soggiorno dove mio padre stava leggendo il giornale. Mi sono seduta vicino a lui e ho posato la testa sulla sua spalla.

– Hai già chiamato la tua amica inglese? – mi ha chiesto.

– Lo farò tra poco. Volevo ringraziarti.

– L'hai già fatto.

– Non solo per questa telefonata.

– E per cos'altro?

– Per tutto il resto.

– Valentina, come mai sei così mogia?

– Ho appena parlato di cose tristi con Ottilia. Papà, tu sei troppo vecchio per andare in guerra?

– Sì. Ma una guerra ti coinvolge lo stesso anche se non vai a combattere.

– Mi piace vederti tornare a casa tutte le sere. Quando ti affacci sulla porta e dici «ciao a tutti», mi sento proprio bene.

Mio padre mi ha abbracciata e mi ha baciata sui capelli.

– Vado a telefonare a Lisa – ho detto.

Sono tornata nella mia camera, ho sollevato la cornetta, ho respirato profondamente e ho composto il numero. Il segnale di libero ha squillato quattro volte prima che qualcuno sollevasse la cornetta e dicesse: – *Hello? Is that you, Lisa?*

– Ehm, no... sono Valentina... – ho balbettato.

– *Who's speaking, please?*

– Sono Valentina... dall'Italia... sono la corrispondente di Lisa...

– *Do you mean, Lisa's penpal?*

– Sì... Io non so parlare bene inglese.

– *Never mind, Valentina. I understand your Italian.*

– Non c'è Lisa?

– *No, she's not at home.*

– Quando... quando torna?

– *I'm expecting her any moment.*

– Chiamo più tardi, allora...

– *I'll tell her to call you as soon as she arrives. Bye, Valentina.*

– Arrivederci.

Al termine della telefonata, ero agitatissima... che fatica cercare di capire le parole di quella che doveva essere la madre di Lisa! Per fortuna capiva l'italiano!

Dieci minuti dopo il telefono è squillato e all'altro capo c'era Lisa.

– Sei tu, Valentina? Sono Lisa.

– Oh, ciao!

– Sono appena tornata da danza e la mamma mi ha detto che avevi chiamato. Sono felice di sentire la tua voce.

– Anch'io la tua.

– Ti è piaciuta la mia lettera?

– Sì, ma non mi aspettavo che mi scrivessi in italiano.

– Non hai gradito la sorpresa?

– Sì, certo.

– La nostra insegnante, Camilla, mi ha chiesto di aiutarla a tradurre le lettere dei tuoi compagni.

– Parli davvero bene.

– Quando vado a trovare i nonni, a volte resto anche quattro settimane con loro. E ho fatto amicizia con dei ragazzi di San Giovanni Valdarno. A forza di giocare con loro, di andare insieme al cinema e di chiacchierare in piazza, a poco a poco ho imparato l'italiano con un accento toscano, come noterai. Inoltre, ogni volta che ritorno a Plymouth, mi porto dietro un bel po' di libri.

– Sono proprio curiosa di vedere il Barbican.

– Sarà un'esperienza che non dimenticherai. Qui si conoscono tutti, e molti sono dei tipi davvero originali. Camminare di notte nelle stradine del quartiere mette i brividi anche a chi ci è nato, perché lungo i muri delle vecchie case sembrano scivolare strane presenze che affiorano dal passato. Tu credi ai fantasmi, Valentina?

– No.

– Quando verrai nel Barbican, forse cambierai idea.

– Vuoi spaventarmi?

– No, voglio stuzzicare la tua immaginazione. Non mi hai detto che sei curiosa?

– Sì, molto.

– Allora qui troverai pane per i tuoi denti. Mi dici come si chiama il tuo ragazzo?

Prima di rispondere, ho esitato un po'. E Lisa si è affrettata a dire: – Non devi dirmelo se non vuoi. Scusa, sono stata troppo scortese.

– Ma no, figurati. È un mio compagno di classe. Si chiama Tazio, è il corrispondente di Douglas.

– Davvero? – mi ha chiesto in tono stupito.

– Sì.

– Lo conosci da poco o da molto?

– Lo conosco da quando abbiamo cominciato le scuole elementari insieme.

– E siete andati sempre d'accordo?

– Quasi sempre.

– Insomma, gli vuoi proprio bene?

– Moltissimo.

– Nella mia lettera ti ho detto che anch'io sono innamorata di un mio compagno di classe. Vuoi sapere chi è? È giusto che ricambi la tua sincerità con uguale franchezza. Si tratta di... Douglas. Proprio così, il corrispondente del tuo ragazzo! A Tazio puoi dirlo, ma solo a lui. Io e Douglas teniamo segreta la nostra storia. Non lo sa nessuno dei miei compagni, e ne ho accennato vagamente a mia madre.

– Del mio rapporto con Tazio, invece, i miei genitori sanno tutto. Lo invitiamo spesso a casa nostra. È come uno di famiglia, ormai.

– Io e Douglas frequentiamo un corso di tennis, e così abbiamo occasione di stare insieme da soli almeno un paio di volte la settimana. Com'è il tuo ragazzo?

– Molto affettuoso.

– Vi siete baciati spesso, immagino...

– Sì, molte volte.

– Io e Douglas ci siamo baciati solo un paio di volte. Vorrei gridare a tutti quanto sono felice quando sto con lui, ma non ne ho il coraggio. I suoi genitori sono un po' severi e pretendono che studi molto per raggiungere i risultati di suo padre. Un storia con una ragazza, alla sua età, non l'ammetterebbero. Ma noi ci vogliamo bene, e ci siamo promessi che non ci lasceremo mai.

– Hai anche un'amica del cuore?

– Sto molto bene con Christine. Ma da un anno a questa parte si è un po' isolata dagli altri. Non so se posso dirtelo... anche questo dovrebbe rimanere un segreto tra noi... Suo padre non è più tornato dalla guerra in Iraq...

Avrei voluto dirle che lo sapevo, ma non ho osato confessarlo.

– Comunque le sono stata e le sono vicina. È una ragazza molto sensibile e basta poco a ferirla.

– La mia amica del cuore è Ottilia, la corrispondente di Christine.

– Quante coincidenze, Valentina!

– Eh, già. Adesso però forse è meglio riattaccare... Tua madre si starà preoccupando per una telefonata così lunga!

– No, affatto... anzi, è stata lei a dirmi di chiamarti subito. Ci sentiremo altre volte?

– Volentieri.

– Però scrivimi anche lunghe lettere, ci tengo a conservarle. Quando verrai a trovarmi, spero di passare con te delle giornate piene di sole. La baia di Plymouth è stupenda nei giorni di cielo azzurro, e il Barbican brulica di gente e di voci. Buonanotte, Valentina.

– Buonanotte, Lisa.

Prima di andare a dormire, ho riferito a Ottilia la mia chiacchierata con Lisa e ne ho parlato a lungo anche con Irene.

Foto e cartoline, lettere e regali

La descrizione che Lisa mi ha fatto del Barbican mi ha molto incuriosita. E ho pensato che anche il centro storico della mia città è fatto di un intreccio di strade e viuzze che mette un po' d'ansia attraversare di sera. Allora ho pensato di documentarlo con foto e cartoline.

Ne ho parlato con i miei amici, e oggi pomeriggio siamo usciti per perlustrare l'antica Torino. Tazio ha una macchina fotografica digitale molto bella, e ne abbiamo approfittato tutti.

– Fotografa quest'angolo... e anche questo.

– E se ci mettessimo noi in posa, con un antico palazzo o un'antica piazzetta sullo sfondo? – ho proposto.

– Ottima idea – ha detto Ottilia, che ha voluto fare una foto insieme a Rinaldo.

Ottilia ha cercato di prendergli la mano, ma Rinaldo l'ha ritirata.

– Che cosa penserà William? – ha chiesto alla mia amica.

– Cosa vuoi che pensi?

– Dai, non è il caso.

– Non ti vergognerai mica!

– E dai, Ottilia!

Ottilia ha sospirato e ha detto a Tazio: – Inquadraci dalla vita in su.

Io mi sono fatta fotografare alcune volte da sola, alcune volte con Irene e Ottilia, una volta con Tazio. La foto con lui non l'avrei messa nella busta comune, ma l'avrei mandata a Lisa al suo indirizzo.

Poi abbiamo fatto un salto alle bancarelle di corso Siccardi e abbiamo acquistato alcune cartoline in bianco e nero che riproducevano strade e viali di Torino agli inizi del Novecento.

– Chissà come sarà Torino fra cinquant'anni... – ho detto.

– Tu la vedrai, io no – mi ha risposto l'anziano venditore di libri che passeggiava tra una bancarella e l'altra.

– Da quanto tempo vende libri? – gli ho chiesto.

– Da più di mezzo secolo. Ho ereditato il mestiere da mio padre.

– E lo lascerà a suo figlio?

– Purtroppo l'odore della carta non lo attira molto.

Oggi abbiamo deciso di scrivere la seconda lettera ai ragazzi della classe di Camilla. Ciascuno ha portato la sua foto. Io ne ho scelta una che avevo fatto insieme ad altre qualche settimana fa dalla fotografa del mio quartiere: me le aveva chieste la nonna per metterle nell'album in cui raccoglie foto da quando era piccola.

Ma non volevo mandare a Lisa solo la mia foto e le cartoline di Torino antica e moderna. Così ho fatto ricamare da zia Elsa, che è una sarta eccezionale, un fazzolettino con le iniziali della mia nuova amica.

– Cominciate ad allargare il raggio delle vostre curiosità – ci ha detto Miriam. – Chiedete notizie sui loro interessi, sulla loro vita a scuola, sui rapporti che intrattengono in casa con i genitori, sui libri che leggono, sulle loro aspirazioni... In questo modo potrete confrontarli con i vostri e vedere in cosa vi somigliate e in cosa siete differenti.

– Voglio chiedere a Joseph se ha un cane – ha detto Gianni, che da alcuni mesi ha un volpino irrequieto e dispettoso.

– Gli animali sono un bell'argomento da approfondire – ha detto Miriam. – Ogni volta che entro in una casa inglese, resto sorpresa: ci sono uccellini, criceti, tartarughe, scoiattoli, cani e gatti. Là i bambini passano in casa molto più tempo di voi e la compagnia di tanti animali li aiuta a non annoiarsi, probabilmente. In Inghilterra non c'è tutto il sole di cui possiamo godere noi e la sera, dopo l'imbrunire, si ritirano tutti in casa. I negozi chiudono molto prima e la vita "si ferma" con il tramonto del sole, almeno nelle piccole città. Chiedete, e vediamo cosa vi rispondono i ragazzi di Camilla.

Ciascuno si è concentrato sulla sua lettera, e per un'ora nell'aula non si è sentita volare una mosca. Ho tolto il cappuccio alla mia penna stilografica e ho cominciato a scrivere.

Cara Lisa,

penso e ripenso alla tua telefonata. Sembrava che fossi dall'altra parte della stanza, invece chiamavi da così lontano! Io ho viaggiato molto, finora, e nella mia memoria si affollano centinaia di ricordi speciali. Non sono quasi mai solo ricordi di vie o di paesaggi: a ogni strada che ho percorso, a ogni luogo in cui ho sostato sono associati volti, voci, sguardi. Mi interessano soprattutto le persone, infatti. Ciascuno ha una storia diversa, e io sono curiosa di entrare nelle vite degli altri, di conoscere ciò che sta loro a cuore.

Perciò sono impaziente di venire a Plymouth, e di collocare la tua figura sullo sfondo di un palazzo, di una libreria o di un albero lungo un viale. Ma vorrò ricordarti anche accanto al mare, mentre una barca ti scivola alle spalle e un gabbiano sfreccia sulla tua testa. Mi piace il mare, con il movimento lieve o turbinoso delle onde, l'azzurro che riflette in un giorno di sole o il grigio che cattura da un cielo autunnale.

Ti ringrazio per essere stata così franca con me. In genere dal tono della voce riesco subito a capire se la persona che mi sta parlando finge o è sincera.

Io ti considero già un'amica, e sono sicura che avremo occasione di vederci e di sentirci anche in futuro, quando saremo più grandi. Mi piace pensare alla durata delle cose. Molte sono fuggevoli e prov-

visorie, lo so, ma non l'amicizia e gli affetti veri, e io li coltivo con cura e impegno.

Mi piace anche stare da sola. Però dev'essere una solitudine che cerco io nei momenti in cui voglio fare i conti con me stessa. In realtà non riesco a immaginare la mia vita senza qualcuno a cui dare qualcosa: una carezza, un sorriso, una parola, un gesto di cui ha bisogno quando tutti sono distratti.

E non mi riferisco solo alle persone, ma anche agli animali. Penso alla mia gatta Alice, per esempio. Me ne prendo cura con un amore infinito, ed è anche grazie a lei che ho imparato una verità fondamentale: e cioè che quando si dà, nello stesso tempo si riceve.

Scusami per queste riflessioni che forse ti faranno credere di avere a che fare con una ragazza presuntuosa e saccente. Non è così. È che quando mi fido di qualcuno, mi piace raccontare l'idea che mi sono fatta finora della vita. Voglio sapere se la condivide, se ha fatto un cammino uguale o diverso dal mio.

Io spero che il tuo rapporto con Douglas ti regali la felicità che dà a me quello con Tazio. A volte trovo persone che guardano con sufficienza o ironia ai sentimenti che provo per lui. Come se a tredici anni non si fosse in grado di provare affetti profondi capaci di dare un senso nuovo all'esistenza. Ma avremo altre occasioni di riparlare dei nostri ragazzi.

Guarda con attenzione le cartoline e le foto di Torino che ti mando. Forse in alcune strade e in alcune piazze troverai l'atmosfera che c'è nelle stradine del Barbican. Torino è bella con il sole, è bella con la neve, è bella quando il vento spazza le sue vie, e anche quando un velo di caligine autunnale la trasforma in una sorta di bella addormentata.

Spero che ti piaccia il fazzoletto che ho fatto confezionare per te da zia Elsa. La conoscerai quando verrai a Torino. Io e te, infatti, andremo a dormire a casa sua. Zia Elsa è una donna semplice, ha un carattere quasi fanciullesco e guarda alla vita con ingenuità. Non è vero che le persone ingenue siano sciocche. Forse sono le più fragili, ma anche le più capaci di vedere la verità delle cose. E le più buone. Zia Elsa mi ha insegnato molto con queste sue qualità così umane, perciò ho sempre avuto per lei una predilezione, peraltro ricambiata.

Hai anche tu un familiare a cui sei particolarmente legata? Mi piacerebbe saperlo... E poi mi piacerebbe sapere com'è la vostra scuola, qual è il vostro orario scolastico, se i vostri professori sono rigidi o disponibili con voi, se avete dei laboratori in cui fate esperimenti o create qualcosa...

Ti trascrivo il mio indirizzo di casa: magari potremmo iniziare una corrispondenza solo nostra, se ne hai voglia. A questo punto, è meglio se mi rispondi in italiano. Le tue lettere stanno diventando troppo importanti e non voglio perdere tempo a tradurle con il vocabolario accanto.

Un abbraccio,
Valentina

Si avvicina Natale

Siamo quasi a fine novembre e nell'aria comincia a sentirsi il profumo del Natale. Le vetrine dei negozi sono già addobbate, le vie principali del centro sono piene di luminarie.

– Sarebbe bello trascorrere il Natale a Plymouth – ha detto Ottilia mentre eravamo con Irene, Tazio, Gianni e Rinaldo in via Pietro Micca, diretti in piazza Castello.

– Dovranno passare ancora sei mesi prima di salire sul treno per l'Inghilterra – le ho ricordato.

– Peccato che non si possa andare in aereo... Ho paura che mi prenderà il panico quando ci imbarcheremo sulla nave per attraversare lo stretto della Manica. So che in quel canale ci sono correnti fortissime... Chissà come ci faranno sballottare! Meglio che non ci pensi.

– Sono navi che tengono bene il mare. Sarà una bella esperienza, Otti, vedrai. Io ti terrò per un braccio, Irene per l'altro e faremo la traversata della Manica affacciate al parapetto, in attesa di vedere le bianche scogliere di Dover, celebrate da famosi poeti.

– C'è poco da scherzare, Valentina! Può darsi che consulterò il mio medico perché mi dia qualcosa per il mal di mare.

– Neanch'io sono mai salita su una nave – ha detto Irene – ma credo di avere uno stomaco di ferro! E comunque, la curiosità avrà la meglio.

– Sarà un viaggio molto lungo – ha detto Gianni.

In effetti, Miriam ce lo ha già anticipato.

– Da Torino a Parigi, da Parigi a Boulogne-sur-Mer, poi per mare fino a Folkstone, di qui a Londra e infine da Londra a Plymouth.

– Arriveremo stanchi morti – ha detto Rinaldo.

– È probabile – ha ammesso Miriam. – Però potremo riposare tutta la notte a Londra.

– Non sarà possibile fare una passeggiatina in città? – le ha chiesto Gina.

– Purtroppo no. Il mattino seguente ripartiremo subito dopo aver fatto colazione. Per fortuna l'albergo non è lontano dalla stazione.

– È tutto già organizzato, allora!

– Queste cose vanno pensate per tempo, per evitare sorprese.

– Speriamo che il tempo sia bello...

– Sarà quello che sarà, ragazzi. Ma con il bello o il cattivo tempo, dovrete collaborare molto.

– Cosa intende dire?

– Che sarò la sola adulta ad accompagnarvi. E al solo pensiero, mi tremano le gambe!

– Non vorrà tirarsi indietro, prof...

– No di certo! Però ho bisogno di fidarmi di voi: dovrete seguirmi buoni e attenti, sia quando saliremo e scenderemo dal treno, sia quando saliremo e scenderemo dalla nave. Nessuno deve rischiare di rimanere sul marciapiede della stazione o sulla banchina del porto.

– Potremmo legarci con una corda uno all'altro... – ha detto Sandro.

– Niente spirito, Sandrino – lo ha ripreso Miriam.

A Sandro non piace essere chiamato Sandrino, e ha fatto una smorfia di fastidio.

– Basterà muoversi in un gruppo compatto – ha continuato Miriam. – Questo per gli spostamenti.

Quanto alla permanenza in albergo, dopo cena si va subito a letto. E si resta tutti in camera fino al mattino dopo. Niente scherzi, niente migrazioni da una stanza all'altra. Dovrete dare prova di maturità. Da sola non potrei farcela, credetemi.

– Non potremmo chiedere a qualcuna delle nostre madri di accompagnarci? – ha proposto Maurizio.

Tutti si sono girati verso di lui come se avesse detto un'assurdità colossale.

– Cosa?! Le mamme con noi?! Stai scherzando?

– Era solo un'ipotesi.

– Non se ne parla proprio.

– Sono d'accordo con i tuoi compagni, Maurizio – ha detto Miriam. – Sarà un'occasione per responsabilizzarvi senza avere addosso gli occhi dei vostri genitori.

– Chi verrà ad aspettarci alla stazione di Plymouth? – ha chiesto Tazio.

– La mia collega Camilla, con alcuni genitori che ci aiuteranno a trasferirci a scuola in auto. Lì pranzerete con i ragazzi e, verso le tre e mezzo, verranno tutti i genitori per accompagnarvi nelle rispettive abitazioni.

– E lei dove dormirà, prof?

– A casa di Camilla, come ho fatto in altre occasioni.

– Tremo al pensiero che per molte ore sarò circondato solo da inglesi! Farò la figura dell'imbranato – ha detto Luigi.

– Datti da fare, e impara più parole e frasi che puoi – gli ha consigliato Miriam. – D'altra parte, i vostri amici inglesi studiano da due anni l'italiano con Camilla, perciò vorranno parlarvi nella nostra lingua.

– Ci sarà da ridere.

– Ci sarà da imparare divertendosi, spero. *Now, let's try some conversation. Sandro, please, come here!*

– No, chiami un altro, prof.

– *Why not you? Don't be so shy! You are very clever. You just don't trust yourself.*

– Non ho capito niente, prof.

– *I don't believe it. You're just pretending. Tell me what you are going to do in the afternoon.*

– Cosa?

– Ti ha chiesto che cosa hai intenzione di fare oggi pomeriggio – gli ha detto Ottilia. – L'ho capito persino io!

– Tante grazie per l'aiuto. Oggi pomeriggio non ho niente da fare.

– *Say it in English. Are you sure you have nothing to do in the afternoon?* – ha insistito Miriam, imperterrita. – *Aren't you going to do your homework, for example?*

– Ti ha chiesto se non hai compiti da fare, per esempio – ha detto Ottilia.

Sandro l'ha guardata infastidito.

– Perché non chiama lei, prof, visto che è così brava? – ha chiesto a Miriam.

– Non sono così brava – ha risposto Ottilia. – Ma capisco il senso generale.

– *Sandro, don't get angry!* – ha ripreso Miriam. – *Listen carefully, I'll speak more slowly.*

Ma Sandro ha continuato a fare scena muta, e alla fine Miriam gli ha detto: – *All right, that's enough for now. Go and sit down.*

Avrei voluto andare io alla lavagna e conversare con Miriam, perché chiacchierare in inglese mi piace molto.

Quando voglio divertirmi a parlare inglese, mi esercito con Irene o con Tazio. A volte ci colleghiamo con il sito della BBC e seguiamo online le lezioni di inglese per i principianti o per gli studenti avanzati. In quel sito si trovano giochi, filmati, conversazioni, notizie in video provenienti da ogni parte del mondo e canzoni, tante canzoni da stazioni radio sparse in tutta la Gran Bretagna. Internet è bello anche per questo, perché ti aiuta a studiare le lingue straniere.

Quando mia madre mi vede smanettare davanti al computer con i miei amici, mi chiede sempre: «Sei sicura che non ti imbatterai in qualcosa di brutto?».

«Non succederà, mamma, se non voglio» la rassicuro.

«Se ne sentono tante...» insiste lei.

«Stai tranquilla e fidati di noi.»

«Magari ci capissi qualcosa anch'io!»

«Se vuoi, ti insegno.»

«No, grazie. Credo che sia troppo tardi.»

«Non è mai troppo tardi, mamma.»

«Magari un altro giorno.»

Ma quel giorno non arriva mai. Mia madre si è sempre rifiutata di avere a che fare con il computer che condivido con Irene e continua a guardarlo con sospetto.

Altre lettere, altre novità

Due giorni prima delle vacanze di Natale sono arrivate le lettere da Plymouth. Non c'erano solo quelle lettere, ma anche cartoline di auguri per il nuovo anno.

Come mai non ci avevamo pensato prima? E così oggi pomeriggio sono andata nel negozio sotto casa e ho comprato due cartoline di auguri: una per Lisa e una per i suoi genitori.

La lettera della mia amica inglese, infatti, conteneva una novità.

Cara Valentina,

avrei voluto telefonarti appena l'ho saputo, ma preferisco parlartene con calma in questa lettera.

Mia madre aspetta un bambino! That's amazing, really. I never thought... *Insomma, non lo avrei mai* creduto possibile! Non che mia madre non potesse più avere figli, è che lei e papà avevano programmato di non averne altri. E io mi ero rassegnata a restare l'unica reginetta della casa. Invece ieri sera la mamma mi ha fatta sedere accanto sé sul divano e mi ha detto: «Lisa, ho una novità da comunicarti. Come sai, io e tuo padre avevamo deciso di non avere più figli. Ero spaventata all'idea di far nascere un bambino in un mondo complicato e difficile come il nostro. Ma poi ho pensato che ero molto egoista. Come, mi sono detta, proprio io che a scuola insegno ai bambini ad avere fiducia nel futuro, non ero capace di guardare con coraggio a quello stesso futuro? Mi sono sentita un'ipocrita. Inoltre ho pensato che sarebbe stato bello darti un fratello o una sorella adesso che sei grande e non avresti alcun motivo per esserne gelosa. Infine, mi è venuto di colpo un gran desiderio di maternità che mi ha reso felice. Tuo padre ha sempre voluto avere un altro bambino, anche se ha rispettato il mio stato d'animo. E così abbiamo deciso di mettere al mondo una nuova creatura. Anzi, questa creatura è già in cammino. Sono incinta, Lisa».

Immagina come sono rimasta, a sentire queste

parole! Sulle prime non ho saputo come reagire. Ma poi ho abbracciato mia madre e le ho accarezzato la pancia.

Adesso, a mente fredda, sono felice della scelta dei miei genitori, e non vedo l'ora di occuparmi da sorella maggiore di un neonato. Non avrei mai creduto di sentir risuonare le stanze di casa dei pianti e dei brontolii di un bambino piccolo! Ma sarà così, e mi sento molto emozionata.

Sono davvero belle le cartoline della tua città! Sono impaziente di visitarla insieme a te. Ho scoperto che Torino è circondata da splendide colline: chissà se sono dolci e lievi come quelle della Cornovaglia... Conosco bene questa contea che confina con il Devon. Quando mi viene voglia di percorrerla in bici (è meraviglioso, credimi), vado a stare qualche giorno a casa della zia di cui ti ho parlato, che vive nel villaggio di Polperro. I sentieri della Cornovaglia salgono e scendono, e ora si aprono su vasti orizzonti, ora si infilano tra file di alberi che li oscurano con le loro chiome intrecciate.

Mi piacerebbe mostrarti anche i porticcioli, le baie, gli antichi pub, le case con i tetti di paglia, i resti delle antiche miniere di stagno... Una volta sono arrivata fino alla punta estrema della Cornovaglia, che si protende nell'oceano Atlantico, frustata da acque quasi sempre agitate.

A ogni modo, voglio che prima di tutto ti innamori della mia Plymouth. Ti ho già detto quanto è splendido il Barbican, ma anche la parte moderna di Plymouth è bella, pulita ed elegante come un salotto. Io frequento spesso i teatri dove danno spettacoli interessanti per ragazzi.

Una settimana è davvero poco per vedere tutto, ma spero che questa sia solo la tua prima visita a Plymouth. Insomma, mi auguro che avrai altre occasioni per venire a trovarmi. Forse per me sarà più facile venire a Torino, visto che non dovrebbe distare troppe ore da San Giovanni Valdarno. E comunque anch'io voglio che la nostra amicizia duri nel tempo e spero che continueremo a vederci anche quando saremo grandi.

Hai scritto delle belle parole su Tazio. Anch'io voglio molto bene a Douglas, e mi piacerebbe passare più tempo con lui. Ma devo essere paziente e prudente nello stesso tempo. Gli adulti che non hanno dimenticato di essere stati ragazzi, penso che siano più indulgenti e comprensivi verso di noi. Sai chi me ne dà la prova? La mia professoressa Camilla. Non te l'ho ancora detto, ma lei è una delle migliori confidenti che ho. È un caso davvero insolito. Con i nostri insegnanti i rapporti sono molto formali: mai mi sognerei di parlare dei miei sogni e dei miei bisogni con qualcuno di loro! L'unica con cui lo faccio è proprio Camilla.

A volte vado a trovarla a casa sua oppure andiamo insieme a teatro. Mia madre la stima molto e la invita spesso a casa nostra. Con Camilla posso parlare di tutto, e lei mi ascolta con attenzione. È davvero interessata a quello che le dico e mi aiuta a trovare le risposte alle domande difficili che da un po' di tempo mi faccio, e delle quali vorrei parlare con te, prima o poi.

È anche per questo che mi piace andare a scuola. Certo, se anche gli altri professori fossero come lei... Ma forse è meglio così. C'è sempre una sola persona speciale nella nostra vita. Mi dispiace per quelli che non riescono a trovarla.

La sera di Capodanno ti chiamo al telefono, così ci facciamo gli auguri a voce.

Love,
Lisa

Anche i miei amici hanno ricevuto lettere con piccole e grandi novità.

– Emma dev'essere proprio un po' pazzerella – mi ha detto Irene facendomi leggere la sua lettera. – Ha rischiato di annegare, capisci? E la prende sul ridere!

Cara Irene,

c'è mancato poco che facessi per sempre compagnia ai pesci! Stavo risalendo in battello il fiume Tamar, quello che divide il Devon dalla Cornovaglia, e a un certo punto mi sono sporta troppo dal parapetto. Stavo cercando di richiamare l'attenzione di alcuni gabbiani che planavano su un canneto e sono finita in acqua con un grosso spruzzo! È stato proprio enorme, perché io sono, diciamo così, grassottella. Mi sono sentita gelare fino alle ossa. Ho spalancato gli occhi, ho agitato le braccia per tenermi a galla, ma non sapevo come, perché io non so nuotare: una vergogna per una che ha tanta acqua intorno! Devo averne bevuta parecchia, perché sono svenuta. Quando mi sono svegliata, un bel ragazzo mi stava facendo la respirazione bocca a bocca. Vorrei che gli dessero una medaglia, perché è stato un eroe. Ma non credo che lo faranno; sull'evento c'era solo una notiziola su un quotidiano locale. E pensare che avrei potuto morire! A ogni modo, abbiamo invitato quel ragazzo a casa nostra a cena. Lui l'ha proprio gustata, e ha detto che mia madre cucina molto meglio della sua! Si chiama James, ha vent'anni e vuole fare il pilota di aerei a reazione.

Da oggi ho deciso che mi metto a dieta. Così se un giorno James o qualcun altro dovesse salvarmi di nuovo, farà meno fatica a tirarmi su!

Ti trascrivo un'altra nursery rhyme, *che è un po' in sintonia con la mia avventura.*

Love,
Emma

If all the seas were one sea,
What a great sea that would be!
If all the trees were one tree,
What a great tree that would be!

If all the axes were one axe,
What a great axe that would be!
If all the men were one man,
What a great man he would be!

And if the great man took the great axe,
And cut down the great tree,
And let it fall into the great sea,
What a great splash-splash that would be!

Se tutti i mari fossero un mare solo,
che mare enorme farebbero!
Se tutti gli alberi fossero un albero solo,
che albero enorme farebbero!
Se tutte le asce fossero un'ascia sola,
che ascia enorme farebbero!
Se tutti gli uomini fossero un uomo solo,
che uomo enorme farebbero!
E se l'uomo enorme prendesse l'ascia enorme,
e abbattesse l'albero enorme,
e lo lasciasse cadere nel mare enorme,
che enorme splash-splash farebbe!

– Un bel tipo, eh? – mi ha detto Irene.

– Mi fa venire in mente mia cugina Lia.

Anche William aveva un'avventura da raccontare a Rinaldo.

Ha scritto che un giorno è entrato in un centro commerciale di Plymouth per acquistare dei quaderni quando, sballottato dalla folla, ha perso gli occhiali. E dato che ci vede poco, ha cominciato a sbandare come in una fitta nebbia. Cercando gli occhiali, ha messo le mani, senza volerlo, su una scatola di orecchini. È stato notato da una delle guardie ed è stato portato in un ufficio della direzione.

Ha scritto a Rinaldo:

Mi hanno accusato di voler rubare gli orecchini, pensa un po'!

«Che me ne faccio?» ho chiesto. «Non sono mica una femmina!» «Magari volevi regalarli alla tua amichetta» hanno insistito. «Io non ho mai avuto un'amichetta» ho precisato. «La nostra guardia ti ha colto con le mani nel sacco.» «Ma quale sacco? Non sapevo nemmeno dove le mettevo, le mani! Stavo solo cercando gli occhiali che mi sono caduti a terra a causa degli spintoni della folla. Non ci vengo più nel vostro affollato centro commerciale!»

Ma non mi hanno creduto. Non credono mai alle persone sincere. Hanno chiamato mio padre.

Mio padre è un tipo calmo e buono, ma davanti alle ingiustizie ruggisce come un leone. Dovresti sentire come lo fa bene! E infatti, quando è entrato nell'ufficio e mi ha visto in un angolo come se fossi in punizione, e per di più senza occhiali, ha lanciato il ruggito più grande che gli abbia mai sentito fare finora! Prima di rispondere alle accuse che mi venivano rivolte, ha voluto sapere da me com'erano andate le cose.

«Stai tranquillo, ci penso io» mi ha bisbigliato in un orecchio.

E, rivolto alla guardia e all'impiegato seduto dietro la scrivania, ha detto: «Tanto per cominciare, mio figlio non è un ladro. E noi non usciamo da questo ufficio se prima non ci ripagate gli occhiali che il ragazzo ha smarrito per colpa del caos che regna in questo centro commerciale. Costano trecento sterline, perché sono occhiali speciali».

E ha lanciato un altro ruggito.

La discussione è ripresa molto animata, ma è stata interrotta quasi subito da un commesso addetto agli oggetti smarriti che è entrato nell'ufficio con in mano i miei occhiali.

Mio padre li ha presi e ha detto: «Fatemi vedere in che condizioni sono».

Li ha esaminati controluce, una lente e poi l'altra, e ha lanciato solo un debole ruggito.

«Ci sono dei graffi. Ma sono onesto, e non potrei giurare che non ci fossero già. Quindi va bene così: me li riprendo e ce ne andiamo. Orecchini per l'amichetta... ma per favore!»

Io ho rimesso gli occhiali, e il mondo è diventato di nuovo nitido. Ho dato la mano a mio padre e siamo usciti a testa alta dall'ufficio.

Spero che anche tuo papà sappia fare dei bei ruggiti come il mio.

William

Christine, nella sua lettera, ha rivelato a Ottilia la verità su suo padre, e Ottilia è molto soddisfatta.

– Si è fidata di me. Adesso sì che potrò parlarle a cuore aperto – mi ha detto con gli occhi lucidi.

Quanto a Joseph, ha scritto a Gianni che casa sua ha un giardino, nel quale il padre gli ha costruito una capanna.

Nella capanna ci sono due letti a castello. Sarà meglio che tu mi dica subito se preferisci dormire sopra o sotto: infatti è qui che ho deciso di ospitarti. A maggio non dovrebbe far freddo... Ma anche se la temperatura fosse bassa, l'ambiente è riscaldato.

Gianni è un po' preoccupato, ma anche incuriosito da questa novità.

– Sembra che questi ragazzi inglesi abbiano una vita molto più movimentata della nostra! – ha detto. – Penso che bisognerà inventarsi qualcosa di originale, perché si trovino a loro agio nei nostri normali appartamenti di periferia...

Douglas ha parlato a lungo della sua passione per la chimica, descrivendo il laboratorio nel quale usa con disinvoltura acido cloridrico e solforico, sali, imbuti, filtri...

– Ma non ha altro per la testa, questo ragazzo? – ha esclamato Ottilia.

Io sapevo che nella sua testa c'era anche Lisa, ma non ho detto nulla. Non l'ho ancora detto nemmeno a Tazio, sebbene Lisa mi abbia dato il permesso di farlo.

Passano i mesi, la partenza è più vicina

I mesi sono passati in fretta. Gennaio, febbraio, marzo...

– Ci siamo, ragazzi – ci ha detto Miriam prima delle vacanze di Pasqua. – Adesso si passa ai fatti! Domani andrò in agenzia a prenotare i posti in treno e quelli sulla nave. Prenoterò anche le camere d'albergo a Londra. Il viaggio, nelle sue varie tappe, deve filare liscio come l'olio. Non devono assolutamente esserci sorprese e imprevisti!

– Pensi se qualcuno di noi si perde o viene rapito, prof... – ha detto Sandro.

– Non dire sciocchezze – ha reagito Miriam. – Rimarrete attaccati alle mie gonne, anzi, ai miei jeans, come se foste incollati!

– Stia tranquilla, prof, nessuno di noi ha voglia di smarrirsi – l'ha rassicurata Ottilia.

– Possiamo cominciare a preparare la valigia? – ha chiesto Roberto.

– Non esageriamo! Mancano quasi due mesi alla partenza, e non sappiamo come sarà il tempo.

– Io forse non vengo – ha detto Luigi.

– Perché? – gli ha chiesto Miriam.

– Perché in quei giorni si sposa mia cugina, e noi dobbiamo andare al matrimonio.

– Ci andranno i tuoi genitori. Non credo che la tua presenza sia indispensabile.

– È che questa cugina mi ha battezzato...

– Non cercare scuse. Tu hai la tremarella! – lo ha stuzzicato Sandro.

– Parla per te. Io sono già stato a Vienna e a Lugano.

– E io sono stato a Nizza e in Croazia.

– Ragazzi, per favore! Basta con questi battibecchi. Ho bisogno della vostra collaborazione fin da ora.

Con i miei genitori parlo spesso del viaggio che ci aspetta.

– Quand'ero ragazzo io, non mi sarei mai sognato di lasciare Torino per andare più lontano di Nizza

Monferrato! – ha detto oggi mio padre. – Ma i tempi sono cambiati, e Valentina ha già girato mezzo mondo. È bello avere coscienza delle proprie radici, sapere che si è nati in un posto e che in quel posto ci sono le persone che ti vogliono bene e ti hanno fatto crescere, ma non si può sempre restare lì. Altrimenti è come essere chiusi in gabbia, e nelle gabbie si soffoca. Dunque viaggiate, incontrate gente, conoscete altri modi di vivere. E poi tornate. Perché anche tornare è bello.

Eravamo a tavola, mia madre ha ascoltato stupita le parole di mio padre e alla fine gli ha detto: – Stefano, è la prima volta che ti sento parlare così.

– Gli altri non mi hanno mai spaventato – ha continuato lui. – Purtroppo, però, non ho avuto molte occasioni di incontrare persone, a parte sul lavoro. Ma le ragazze fanno bene a viaggiare. Semmai è Luca che dovrebbe cominciare a muoversi un po'.

Mio fratello lo ha fissato con gli occhi sbarrati.

Allora mio padre gli ha detto: – Presto arriverà anche il tuo turno, Luca. E non guardarmi con quella faccia.

Mio padre non la pensava così, fino a qualche tempo fa. Un po' credo di essere stata io a fargli cambiare idea, con la mia voglia di conoscere e di viaggiare. Mi ha vista crescere più in fretta di quanto si aspettava. Ma non gli ho mai dato grattacapi, anche se ho sempre pensato con la mia testa. Poi è arrivata Irene, e mi sono sentita ancora più forte. Mio padre si fa spesso complice delle nostre scelte, ma quando non è d'accordo con noi, lo dice chiaro e tondo.

Dopo cena, io e Irene siamo andate a sederci accanto a lui sul divano e gli abbiamo detto che eravamo soddisfatte delle sue parole.

– Quando eri piccola – ha iniziato – mi sono sempre chiesto come sarebbe stato allevare una figlia adolescente. E avevo un po' paura. I miei amici mi dicevano: «Vedrai che appena avrà dodici o tredici anni, diventerà sfuggente. E ti rifilerà certe risposte che ti faranno impallidire. Ma rassegnati, è inevitabile». Beh, mi sembra che finora non sia stato così. Da chi dipende, Valentina?

– Da me e da te, papà. Finché non avremo paura di dirci la verità, andrà tutto bene.

Quando siamo andate a dormire, Irene mi ha detto: – Non credo che il mio vero padre mi avrebbe mai parlato così. Doveva essere molto infantile, molto egoista o molto superficiale per abbandonarmi in balia del mondo senza cercarmi né interessarsi di me.

– Irene...

– Era da tempo che non avevo di questi pensieri, ma stai tranquilla, non mi fanno più male come in passato. Maria e Stefano sono i miei veri genitori, perché mi hanno dato l'amore di cui avevo bisogno. Questa è la prima volta che vado all'estero. Anche quando ero in fuga, e volevo scappare lontano, non riuscivo a immaginare luoghi diversi da Torino, dalle sue periferie e dalle sue colline. Da quando sono qui con te, invece, il mondo si è enormemente allargato! Sono davvero felice di andare a Plymouth. Questo nome si sta riempiendo di immagini e di aspettative, come un luogo esotico dove è possibile realizzare desideri e sogni. Sono certa che non ne sarò delusa, e che resterà per sempre nei miei ricordi.

Raccomandazioni e bagagli

– È tutto pronto! – ha annunciato Miriam entrando in classe stamattina con un vestito bianco a fiori che le dava l'aria di un'adolescente.

Sandro la guardava con gli occhi spalancati, la testa china da un lato in muta contemplazione.

Non ho mai visto Sandro impegnarsi in inglese come quest'anno. Non credo che l'abbia fatto per prepararsi a questo viaggio; penso che abbia voluto guadagnarsi i complimenti di Miriam. E Miriam glieli rivolge volentieri, anche perché sono meritati. Lui, ogni tanto, fa in modo di essere rimproverato per qualche sciocchezza che dice perché gli altri maschi non lo prendano troppo in giro, visto che l'hanno subito ribattezzato "l'innamorato segreto" della prof.

– È tutto pronto! – ha ripetuto Miriam con enfasi.

– Che fatica! Ma adesso l'itinerario è tracciato, e non ci resta che prepararci all'avventura.

– Mancano solo venti giorni, prof – ho detto.

– Bisogna che in queste ultime settimane ci diamo sotto con lo studio. Dovete assolutamente cercare di parlare in inglese con i vostri amici, anche se loro vorranno esercitarsi a parlare con voi in italiano. Non abbiate paura di sbagliare, nessuno vi prenderà in giro.

– Sembra facile... – ha detto Roberto.

– *It will be, if you try*.

Poi Miriam ha chiamato alla lavagna Gina e Ottilia e le ha invitate a inventarsi un dialogo su un argomento a piacere.

Nell'intervallo è venuto a trovarci il preside, che tutti ormai chiamano dirigente scolastico.

– Mi risulta che abbiate lavorato sodo – ci ha detto – e questo è molto ammirevole. Siete la prima classe della scuola che affronta un'esperienza così impegnativa. Se andrà tutto bene, altre classi vorranno imitarvi. Aiutate la vostra insegnante, che ha avuto il coraggio e l'energia di rendere possibile questo viaggio. Ci sarà tempo nei prossimi giorni, per le ultime raccomandazioni.

Domani si parte e stasera, dopo cena, ho chiamato Lisa.

– *Hello?*

– C'è Lisa, per favore? *Is Lisa there?*

– *Yes, of course. Valentina, we are all looking forward to meeting you.*

– Anch'io sono ansiosa di incontrarvi, signora.

– *Is everything ready?*

– *Yes, it is.* È tutto pronto. Come va la sua gravidanza?

– *Fine. No problems at all.*

– Ne sono contenta.

– *Here comes Lisa. Bye, Valentina.*

– A presto.

– Ciao, Valentina – ha detto poco dopo la mia amica.

– Ciao, Lisa. Volevo confermarti che è tutto pronto e che partiamo domani mattina presto.

– Che bellezza! Mi chiami durante il viaggio per assicurarmi che tutto proceda bene?

– Certo.

– Sei emozionata?

– C'è bisogno di chiederlo?

– Alla stazione di Plymouth ci saranno ad aspettarvi mio padre e altri genitori. A casa è tutto pronto: la camera in cui dormiremo è stata pulita a fondo e profumata. Abbiamo persino messo le tende nuove alle finestre! Spero che ti sentirai come a casa tua.

– Mi auguro di essere simpatica ai tuoi genitori.

– In questi mesi ho parlato tanto di te, che ti considerano quasi una seconda figlia.

– Addirittura!

– Dopo che i nonni si sono trasferiti in Italia, i miei genitori sono cambiati. Li raggiungono spesso in Toscana, hanno fatto amicizia con i loro vicini e sono diventati più espansivi. Dicono di aver preso un po' del carattere degli italiani. Beh, io credo di averlo preso tutto! Ma lo avrai già capito da come ti parlo e dalle cose che ti ho scritto...

– Com'è il tempo lì?

– Un po' c'è il sole, un po' si annuvola. Ma non è previsto brutto nei prossimi giorni. Anche se da noi non si può mai dire. Nelle scorse settimane è piovuto molto e la brughiera è più bella che mai. Ieri sono andata con mio padre a Dartmoor, e ho preso freddo. È per questo che ho la voce un po' roca.

– Me ne sono accorta.

– Ti conviene mettere in valigia qualche maglione pesante. Ma se non vuoi portarti dietro troppa roba, lascia perdere. Posso prestarti qualcosa di mio.

– Non credo che dormirò molto stanotte. Ma ci devo provare, perché domani sarà una giornata faticosissima.

– Mi fai salutare Irene?

– Te la passo subito.

– A dopodomani, Valentina.

Dopo aver passato la cornetta del telefono a Irene, ho dato un'occhiata alla mia sacca da viaggio. Mia madre aveva passato tutto il pomeriggio con me a sistemare biancheria, indumenti vari, fazzoletti, calzini...

– Spero di non aver dimenticato niente, Valentina.

– C'è tutto, mamma. Io metterei anche lo spray per la mia allergia.

– Lo infilerò nello zainetto insieme al tuo pranzo.

– Non preparare troppe cose, domani sera ceneremo in albergo.

– Vi stancherete parecchio e devi avere la pancia piena. E mi raccomando, tu e Irene non perdetevi mai di vista.

– Sapremo badare a noi stesse, stai tranquilla.

– E telefonate.

– Lo faremo tutte le sere.

Irene ha riattaccato e mi ha detto: – Lisa ti saluta e ti augura buon viaggio.

Quando ci siamo infilate a letto, abbiamo cominciato subito a chiacchierare. A un certo punto è entrata in camera la mamma, che a bassa voce ci ha detto: – Non dimenticatevi che la sveglia è alle cinque e mezzo.

– Grazie per avercelo ricordato, mamma. Adesso la smettiamo.

La mamma è andata a baciare prima Irene, poi me, e ci ha salutate dicendo: – Vi voglio bene, bambine.

Comincia il viaggio

– Valentina... Irene... sveglia... è ora...

La voce di mia madre mi è arrivata alle orecchie con un tono di preoccupazione.

Ho aperto gli occhi, ho scosso Irene che dormiva rannicchiata su se stessa e siamo saltate giù dal letto insieme.

La sveglia digitale sul comodino segnava le cinque e mezzo. Ci sarebbe stato appena il tempo per una rapidissima doccia e per una veloce colazione.

La colazione apparecchiata era invece abbondante.

– Mangiate con calma – ci ha detto mio padre, che sbadigliava e si fregava le mani come se facesse un gran freddo.

Invece era una bella mattina di maggio, e fuori il cielo si stava colorando rapidamente di azzurro.

– I bagagli? – gli ho chiesto inzuppando un cornetto nel latte.

– Sono già in macchina.

– Chissà se ci saranno tutti... – ha detto Irene.

Pensava a Gianni, probabilmente, che ha due genitori distratti.

– Stai tranquilla, ci sarà – le ho mormorato.

Alle sei e venti eravamo pronte. La mamma ci ha abbracciate e ci ha tenute strette a lungo.

Prima di uscire di casa sono andata a dare un bacio a mio fratello, che dormiva beatamente e senza un pensiero al mondo.

E ho accarezzato più volte Alice, che dormiva anche lei, e che ha miagolato per essere stata svegliata nel mezzo di uno dei suoi sogni.

La città era già in movimento e il traffico intenso, ma arrivare alla stazione di Porta Susa è stato facile. Mio padre ha trovato un posto per parcheggiare, ha afferrato i nostri due borsoni e si è diretto a passo svelto verso il binario dove arrivano i treni che provengono da Milano e che proseguono per la stazione di Porta Nuova.

Sul binario c'era già la metà dei nostri compagni con i rispettivi papà e qualche mamma.

– Ciao... ciao... ciao...

– Levataccia, eh? – ha detto il papà di Rinaldo a mio padre.

– Ho preso un giorno di permesso.

– Io non ho potuto. Appena mio figlio sale sul treno, devo correre al lavoro.

Anche Gianni era già arrivato, e Irene gli ha sorriso quasi di gratitudine. Sono così felice dell'affetto che li lega!

– E la prof? – ha chiesto a un certo punto mio padre.

– È vero, non c'è ancora.

– Che abbia rinunciato a venire e si sia data malata?

– Ma no, non è possibile.

– Sta di fatto che non c'è.

– E il treno arriva tra dieci minuti.

– Qualcuno ha il suo numero di cellulare?

Ho cominciato a preoccuparmi anch'io. Che cosa poteva essere successo?

– Eccola... eccola! – ha esclamato a un certo punto il papà di Ottilia.

– Ah, meno male! Ehi, prof, siamo qui!

Miriam è arrivata sul marciapiede del binario con il fiatone e il viso stravolto.

– Scusate... scusate... – ha balbettato. – Il taxi su cui viaggiavo... ha tamponato un autobus... e ho dovuto prenderne un altro.

– L'importante è che sia arrivata. Altrimenti, andava tutto all'aria – ha detto il padre di Sandro.

– Ci siamo tutti? – ha chiesto Miriam.

Abbiamo fatto un rapido controllo e non mancava nessuno.

– Il vagone con i posti prenotati dovrebbe fermarsi qualche metro più avanti – ha detto Miriam. – Sedetevi a mano a mano che salite. Alla sistemazione dei bagagli penseremo dopo.

– Prof, ce li riporti indietro tutti interi! – ha scherzato qualcuno.

– Lo stesso vale per lei, si capisce.

– State tranquilli – ha detto Miriam con voce più calma. – I ragazzi mi daranno una mano e andrà tutto bene.

In quel momento è stato annunciato il treno, e

pochi minuti dopo il suo muso grigio è sbucato dal tunnel sotto piazza Statuto.

Ci sono stati gli ultimi frettolosi abbracci e, appena il treno si è fermato e le porte si sono aperte, ci siamo affrettati a salire.

– Piano, piano, non spingete, il treno starà fermo tutto il tempo necessario – ci ha detto il controllore.

I genitori si sbracciavano sul marciapiede per attirare la nostra attenzione, ma eravamo troppo presi dalla sistemazione dei bagagli per accorgercene. Quando ci siamo seduti, il treno era già partito e si era infilato sotto un'altra galleria.

– Tutto a posto? – ci ha chiesto Miriam cinque minuti dopo.

– Tutto a posto, prof.

Non so com'era accaduto, ma Ottilia era seduta accanto a Rinaldo, Irene accanto a Gianni e io avevo vicino Tazio.

Molti dei miei compagni erano

ancora mezzo addormentati e il chiacchiericcio si è spento subito.

– Come ti senti? – ho chiesto a Tazio.

– Bene. E tu?

– Non sono mai stata così eccitata. Ma se penso che non saremo a Londra prima di stasera tardi...

Appena il treno si è diretto verso la frontiera con la Francia, mi sono alzata e sono andata prima da Ottilia, poi da Irene.

Irene aveva posato la testa sulla spalla di Gianni e sembrava addormentata. Ottilia teneva una mano di Rinaldo stretta nella sua e mi ha fatto l'occhiolino. Così sono tornata al mio posto, ho messo il braccio intorno alla vita di Tazio e ho sospirato di gioia, mentre percorrevamo la Valle di Susa e ci avvicinavamo rapidamente alle montagne di confine.

Il paesaggio intorno era magnifico e sono riuscita anche a osservare la Sacra di San Michele, che spiccava come un fiore di roccia sulla punta del monte Pirchiriano. Sui fianchi delle montagne resistevano ancora chiazze di neve, e ogni tanto vedevo saltellare a valle le acque scintillanti di qualche torrentello.

Circa tre quarti d'ora dopo eravamo a Bardonecchia. E mi sono preparata ad attraversare il tunnel del Frejus per uscire in Francia, alla stazione di Modane.

Mentre il treno correva sotto il tunnel, è arrivato il capotreno a controllare i nostri biglietti. Miriam gli ha passato la busta che li conteneva tutti e alla fine l'uomo ha detto: – D'ora in avanti avrete a che fare con il personale francese.

– Nessun problema – gli ha sorriso Miriam. – Conosco la lingua.

– Sa che anche mia figlia fa la professoressa? – le ha detto il capotreno. – Di matematica. E ha una testa! È talmente appassionata della materia che insegna, che ha stregato tutti i suoi ragazzi. Buon viaggio, signorina, e faccia attenzione... alle sue pecorelle!

Tazio mi ha dato un bacio sulla punta del naso e mi è venuto da starnutire.

– Se i miei baci fanno questo effetto, sarà meglio che non te ne dia più – mi ha bisbigliato in un orecchio.

– Fai pure – gli ho detto. – Starnutire fa bene alla salute.

Dopo Modane, il treno si è fermato a Chambéry.

Il controllore francese era un tipo gioviale e aveva una gran voglia di parlare.

– *Bonjour les enfants, vous allez en vacance?*

– *Nous allons en Cornouailles* – gli ha risposto Miriam.

– *En Cornouailles? Ah ben dis donc! C'est bien loin! D'où venez-vous?*

– *De Turin.*

– *Ah, Turin. La ville où j'ai habité dans ma jeunesse. Mais c'est une longue histoire.*

Quando l'uomo è andato via, Miriam ci ha riferito il contenuto della conversazione che avevano avuto. Io avevo prestato attenzione e qualcosa avevo capito. Il francese mi piace, e spero di studiarlo bene alle superiori, insieme al tedesco magari, e allo spagnolo.

Mi sono addormentata e mi sono svegliata a Lyon, quando ho sentito un languorino allo stomaco.

– Hai fame? – ho chiesto a Tazio.

– No, ho sete.

Tazio ha aperto il suo zainetto, io ho aperto il mio. Insieme ai panini imbottiti, la mamma aveva messo anche un pacco di cracker e uno di biscotti.

– Questi sono i krumiri di Casale – ho detto a Tazio. – Li conosci?

– Sono i biscotti che mi piacciono di più.

– Allora prendine pure, se vuoi. Che ore sono?

– Le dieci.

– Vorrei chiamare Lisa al cellulare, ma sarebbe inutile: so che nella loro scuola è vietato tenerli accesi. Penso che anche lei starà contando le ore che mancano al nostro arrivo... Tazio, devo dirti una cosa, ma è un segreto.

– Dimmi pure, sono tutt'orecchi.

– Ho il permesso di Lisa.

– Per cosa?

– Insomma, Douglas è il suo ragazzo.

– Lui non me l'ha mai scritto.

– Immagino che neanche tu gli avrai detto che sei il mio ragazzo.

– In effetti no, non gliel'ho detto.

– Tipico di voi maschi... sembra che vi vergogniate a parlare di queste cose! Comunque Douglas è un tipo molto riservato, e lui e Lisa si vedono di rado. Lisa è scontenta di questo, e mi ha detto che quando verranno a Torino farà di tutto per passare più tempo con lui. Lisa deve somigliarmi molto. Come carattere, intendo, perché dalla foto si vede che è molto più carina di me.

– Non sei male nemmeno tu.

– Grazie, è davvero un bel complimento!

– Non si può nemmeno scherzare?

– Ti stai per caso innamorando di qualcun'altra?

– Non ci proverei nemmeno. Chissà come me la faresti pagare!

– Oh, non preoccuparti. Non pretendo di avere ciò che uno non vuole darmi. Perciò...

– Ehi, scimmietta, stai facendo finta o parli sul serio?

– Mi vuoi davvero bene?

Tazio ha controllato che i posti all'altro lato del corridoio fossero vuoti e mi ha dato un lungo bacio sulle labbra.

– Fammi sapere se ti basta come risposta – mi ha detto quando si è scostato.

– Direi di sì. Tazio, sono felice. Ma non voglio esserlo troppo, altrimenti comincio a preoccuparmi. Penso sempre a come mi sentirò quando la felicità svanirà. Basteranno i ricordi a consolarmi?

– Che ne dici se parliamo di Parigi, di Plymouth e della Cornovaglia?

– Ma sì, parliamo dei prossimi giorni. Ho portato un diario con me, per annotare pensieri e impressioni.

Ero impaziente di arrivare a Parigi, ma non avremmo visto nulla della città. Le coincidenze erano vicinissime. Miriam ci aveva illustrato in dettaglio le tappe del nostro viaggio: dalla stazione della Gare de Lyon, dove sarebbe arrivato il nostro treno, avremmo dovuto spostarci nella stazione della Gare du Nord, per prendere il treno diretto a Boulogne-sur-Mer.

– Questo vuol dire – ci aveva preannunciato – che dovremo prendere la metropolitana per spostarci da una stazione all'altra.

– Che bello!

– Sarà anche bello, ragazzi, ma dovremo stare attenti ed essere veloci. I treni non dovrebbero essere affollati perché non sarà l'ora di punta, ma non si sa mai. Perciò tenete stretto il vostro bagaglio e preparatevi a salire non appena le porte si apriranno. Io salirò per ultima, per essere sicura di non lasciare nessuno a terra.

– Attenta a non rimanerci lei a terra, prof!

– Spero proprio che non succeda. Ma se dovesse capitare una cosa del genere, scendete tutti alla prima fermata e aspettatemi. Io prenderò il treno successivo.

– Wow! – ha esclamato Roberto. – Sarebbe come in un film d'azione!

Quando il treno è arrivato nella Gare de Lyon, eravamo già in piedi, uno dietro l'altro, con i bagagli ben stretti in mano, in attesa che le porte si aprissero per farci scendere.

Arrivo a Parigi, un bello spavento

La stazione era affollatissima, Miriam però sapeva dove dirigersi. Ha chiesto a me e a Tazio di chiudere la fila, per controllare che nessuno rimanesse indietro o fosse risucchiato dalla marea dei passeggeri che correvano da un binario all'altro.

– Di qua, di qua! – ha urlato.

E noi dietro, col fiato grosso. Quando siamo entrati nella metropolitana, abbiamo percorso un lungo corridoio dalle pareti piastrellate e siamo sbucati sul binario della linea D, dove c'era molta gente.

– Dev'esserci qualche manifestazione in città – ha commentato Miriam. – Uniti, mi raccomando. Sono poche fermate. Io resto a terra finché non è salito l'ultimo di voi. Non è il caso che cerchiate un posto dove sedervi, starete solo qualche minuto in piedi. D'accordo?

– D'accordo, prof.

La gente in attesa del treno ci guardava con curiosità. Una signora, che aveva sentito le parole di Miriam, le ha chiesto: – *Vous êtes bien fatiguée, je crois.*

– *Eh, oui* – ha risposto Miriam. – *Nous avons encore une longue route à faire avant ce soir.*

– Che cosa le ha detto, prof?

– Che ho l'aria stanca. Si vede tanto?

– Direi proprio di sì.

– Coraggio, ragazzi, siamo quasi a metà strada da Londra. Ecco, il treno sta arrivando. Tenetevi pronti.

Il treno si è fermato lentamente, abbiamo lasciato che scendessero i passeggeri in arrivo e salissero quelli in partenza, e alla fine siamo saliti noi, a valanga. Miriam esortava ora questo, ora quello. E quando siamo stati tutti sul treno, ha voluto dare un'ultima occhiata alle sue spalle per essere proprio sicura di non aver lasciato nessuno giù. Ma è stata un'imprudenza: mentre girava lo sguardo, si è sentita una specie di sirena di avvertimento e le porte si sono chiuse di scatto.

Miriam è rimasta sul marciapiede.

L'occhiata di terrore che mi ha lanciato, non la dimenticherò mai.

GARE DE

– La prof è rimasta giù! – ho gridato.

– Cosa?!

– Fermate il treno!

– Voglio scendere!

– Calma, calma! – ha gridato Tazio. – Scendiamo alla prossima fermata, come ci ha detto la prof. Lei prenderà il treno successivo e ci rincontreremo.

– E se la perdiamo?

– Non accadrà. Non facciamoci prendere dal panico – ha continuato Tazio.

Ero meravigliata dalla sua calma e ho visto che i miei compagni si sono raccolti tutti intorno a lui, come se avessero riconosciuto una nuova guida.

Tra i passeggeri c'era un signore italiano.

– Fate come dice lui – ci ha detto. – Avete proprio un'insegnante sbadata.

– La nostra prof non è sbadata – gli ho risposto. – Poteva succedere a chiunque.

– Il treno sta per fermarsi – ha detto Tazio. – Pronti a scendere.

Quando ci siamo addossati alla parete coperta di manifesti pubblicitari, ci siamo guardati negli occhi, ci siamo contati e ci siamo stretti ai nostri bagagli.

– E adesso speriamo che la prof sia sul prossimo treno – ha detto Ottilia.

– Perché non dovrebbe esserci? Siamo rimasti d'accordo così, no? – le ha risposto Rinaldo.

– Tra quanto arriva?

– Tra un paio di minuti.

E gli occhi di tutti si sono rivolti al buco nero della galleria dalla quale doveva spuntare il treno.

Sono stati due minuti lunghissimi.

– Forse è cominciato uno sciopero dei macchinisti e i treni sono stati bloccati – ha detto Roberto.

– Ma che cosa dici?

– Può succedere, no?

– Non c'è stato nessun annuncio.

– Mi sembra di sentire arrivare il treno.

– Sì, sì, sta arrivando.

Il treno è entrato nella stazione, e tutti abbiamo allungato il collo verso i vagoni, pronti a urlare di gioia appena avessimo visto apparire il volto di Miriam.

È stato Sandro a vederla per prima e a gridare: – Prof, prof, siamo qui!

Miriam, sconvolta, ha rischiato di incespicare nella sua valigia e si è precipitata verso di noi.

L’abbiamo circondata, le abbiamo battuto le mani sulla schiena, e qualcuno le ha persino accarezzato i capelli.

– Prof, è successo proprio quello che non doveva succedere.

– Come si sente?

– Vuole un bicchiere d’acqua?

– Facciamola sedere. Sembra che stia per svenire.

– Qua sotto non si respira.

– Stia tranquilla, prof. Stiamo tutti bene.

Miriam si è passata una mano sugli occhi.

– Mi dispiace... mi dispiace... mi sono distratta proprio all’ultimo momento... Bravi, avete fatto come vi avevo detto. Adesso teniamoci pronti a salire sul prossimo treno.

– Abbiamo perso troppo tempo? Salteremo la coincidenza

con il treno per Boulogne-sur-Mer? – si è informata Ottilia.

– Oh, no. Abbiamo almeno mezz'ora a nostra disposizione.

Sandro guardava Miriam quasi con le lacrime agli occhi. Lei se n'è accorta e gli ha fatto una carezza.

– Sta arrivando il treno – ha detto Miriam. – Come prima, mi raccomando.

– Non proprio come prima, prof!

Il treno è partito con tutti a bordo e alla Gare du Nord siamo scesi senza fretta.

– Adesso andiamo a cercare il nostro binario – ha detto Miriam.

– Prof, abbiamo fame.

– Mangeremo appena saliti sul treno. Qui non abbiamo i posti prenotati, ma cerchiamo comunque di stare vicini, per quanto possibile.

Per fortuna c'era un vagone quasi vuoto, così abbiamo potuto sistemarci insieme in testa alla carrozza.

– E adesso rilassiamoci, perché ne abbiamo proprio bisogno – ha sospirato Miriam.

Abbiamo aperto i nostri zainetti e abbiamo tirato fuori panini, bottiglie d'acqua e tovaglioli. Per un quarto d'ora, sul treno si è sentito soltanto il rumore che facevano i nostri denti masticando.

– Vorrei scendere per riempire questa bottiglia d'acqua alla fontanella – ha detto Roberto.

– Non se ne parla proprio – ha reagito Miriam. – Chiedine un po' a qualcuno dei tuoi compagni. Il treno parte fra poco e non possiamo rischiare che tu rimanga a terra.

Il treno è partito in orario. Con la pancia piena, nessuno aveva voglia di parlare. Qualcuno si è appisolato, qualcuno si è messo a giocare con un videogioco, qualcuno ha cominciato a digitare numeri sul cellulare. Ho pensato di fare una breve chiamata anch'io a casa, per rassicurare mia madre.

– Tutto bene, Valentina?

– Tutto bene, mamma. Ci stiamo dirigendo in treno verso il canale della Manica.

– Problemi?

– No. Tutto fila liscio come l'olio.

– Meno male.

– Ci sentiamo stasera al nostro arrivo a Londra. Baci da me e Irene.

Dell'imprevisto accaduto in metropolitana non avremmo parlato con nessuno. Non solo per non preoccupare inutilmente i nostri genitori, ma anche per evitare eventuali rimproveri a Miriam, che si era assunta una responsabilità che un'altra insegnante forse avrebbe rifiutato.

– Ci stiamo avvicinando – ho detto quando mancava ormai poco all'arrivo a Boulogne-sur-Mer.

– E ora dobbiamo fare più attenzione che mai – ci ha ricordato Miriam. – Il treno dovrebbe fermarsi vicino al molo dove avverrà l'imbarco, quindi non avremo molta strada da fare prima di salire la scaletta che ci porterà a bordo. Qualcuno soffre di mal di mare?

– Io forse, prof – ha detto Ottilia.

– Ti darò qualcosa da prendere, se ti verrà la nausea.

Verso l'Inghilterra, tramonto sul mare

Davanti alla nave ormeggiata nel porto, a pochi metri dalla banchina, Ottilia ha spalancato gli occhi.

– Ma è altissima! – ha esclamato!

– Non può essere una barchetta, Otti – le ho detto. – Dopo tutto deve affrontare un braccio di mare con le sue correnti.

– E io dovrei salire quella lunga scala oscillante per arrivare a bordo?

– Per forza. Mica puoi andarci volando!

A dire la verità, anch'io ero un po' in ansia a causa delle mie vertigini. Ho chiesto a Tazio di tenermi per mano e di condurmi su piano piano, mentre avrei stretto gli occhi per non guardare in basso.

– Tocca a noi, ragazzi – ci ha detto a un certo punto Miriam, quando il suono di una campanella ha annunciato l'inizio dell'imbarco. – Io salirò per ultima. Chi si mette a capo della fila?

– Io e Valentina – ha risposto Tazio.

– Io e Rinaldo vogliamo salire subito dopo – ha detto Ottilia.

Tazio mi ha dato la mano e abbiamo cominciato la salita come se scalassimo una montagna, un passo dopo l'altro, mentre alle mie spalle Ottilia ripeteva: – Ma non finisce mai?

Mancavano pochi gradini al ponte della nave, quando il mio telefonino si è messo a squillare. Lo squillo è stato così inatteso che mi ha fatto sobbalzare. Tazio però mi ha subito attirata a sé e ha detto: – Lascia perdere. Richiameranno.

Il telefonino continuava a squillare, e mi faceva palpitare come il richiamo di qualcuno che aveva bisogno di aiuto. Finalmente ho poggiato il piede sul ponte della nave, ho estratto il telefonino dal marsupio e ho gridato: – Pronto?

– Ciao, Valentina. Sono Lisa.

– Ciao, Lisa!

– Dove sei?

– Sono appena salita sulla nave. Tra poco cominceremo la traversata.

– Siete a buon punto, allora.

– E tu?

– Io sono uscita da scuola e sto andando a casa. Da noi è tutto pronto.

– Tanto, fino a domani non possiamo vederci.

– Poi mi racconterai com'è andata. Ci tengo a saperlo, visto che tra una ventina di giorni farò anch'io lo stesso itinerario. Sei emozionata?

– Sono emozionata e stanca, ma contenta. Vedrò il tramonto dalla nave.

– Il preside della nostra scuola vi ha preparato una bella accoglienza. Ci sarà un'assemblea fuori orario di tutte le classi per darvi il saluto della scuola. E noi reciteremo delle poesie e canteremo delle canzoni italiane.

– Insomma, volete farci commuovere...

– Vogliamo farvi sentire quanto siamo felici di avervi con noi. Agli inglesi stanno molto simpatici gli italiani, davvero. Allora, buona traversata!

– Se non è troppo tardi, ti chiamo quando arriviamo in albergo a Londra.

– Sarò sola in casa e aspetterò la tua telefonata.

– Perché sarai sola?

– Perché i miei genitori vanno a trovare degli

amici con cui giocano a carte. Quando ero più piccola, mi affidavano a una baby-sitter, ma ormai so cavarmela da sola, e la casa è tutta mia per alcune ore.

– A stasera, allora.

– A stasera, Valentina. Salutami Ottilia e Irene.

La nave ha manovrato lentamente per uscire dal porto, ha raddrizzato la prua, ha preso velocità e si è diretta verso le coste inglesi.

Io, Ottilia, Irene, Tazio, Rinaldo e Gianni ci siamo fermati sul ponte e ci siamo affacciati da una fiancata della nave per osservare le onde che la colpivano. A un certo punto il mare si è agitato, le onde sono diventate più violente e il vento ci scompigliava i capelli.

– Comincio a star male... comincio a star male... – si è lamentata Ottilia, che è andata a sedersi sulla sua sacca, prendendosi la testa fra le mani. Miriam è accorsa subito e le ha dato una caramella speciale da succhiare.

Quando il vento ha cominciato a diventare tagliente, siamo andati in una specie di salotto con le rifiniture in legno e ci siamo seduti su dei divani imbottiti.

– Qui si sta decisamente meglio – ho detto abbassando il bavero della mia giacca a vento.

– Quanto durerà? – ha chiesto Ottilia tenendosi la pancia.

– Non ci pensare – le ha detto Rinaldo.

– Come faccio a non pensarci se mi sento scombussolare tutta?

– Non sta funzionando la caramella della prof?

– A me sembra una normale caramella al miele.

Allora, per sviare il discorso, ho parlato della telefonata di Lisa.

– Pare che abbiano preparato le cose in grande per accoglierci – ho detto. – Vogliono che ci sentiamo come a casa nostra.

– E noi che cosa dovremo fare? – mi ha chiesto Gianni.

– Ringraziare. Ma immagino che lo farà Miriam. Io non avrei il coraggio di dire una sola parola davanti a tutta la scuola!

Miriam ci ha spiegato che, almeno due volte la settimana, la giornata scolastica dei ragazzi di Camilla comincia con un'assemblea degli alunni e degli insegnanti nella palestra della scuola. Si danno le comunicazioni che riguardano le classi, e chi ha progettato delle cose importanti in uno dei laboratori mostra a tutti il risultato raggiunto.

La nave continuava a oscillare ed era come sentirsi cullare in un modo assai brusco.

– Vorrei vedere la costa inglese mentre si avvicina – ho detto. – Chi torna sul ponte con me?

– Io no – mi ha risposto Ottilia.

– Andate, andate, resto io con lei – ha detto Rinaldo.

Sono tornata sul ponte con Tazio e Irene. Il vento un po' rinforzava, un po' si calmava. Ma la nave procedeva sicura, tagliando l'acqua con la prua e lasciandosi una larga scia alle spalle.

La costa si avvicinava sempre più. Ho cercato di immaginare le sensazioni che prova un inglese al suo ritorno a casa dal continente, soprattutto se manca da molto tempo. Abitare in un'isola è diverso che abitare sulla terraferma.

Da un lato provi un senso di solitudine; dall'altro l'orgoglio di avere una forza speciale per affrontare con coraggio la vita.

Così mi aveva scritto in una delle sue lettere Lisa. E mentre il sole stava per tramontare, capivo meglio il senso delle sue parole.

Veder sparire il sole dietro l'orizzonte dal ponte di una nave dà un senso particolare alla fine della giornata. Ti sembra di essere una persona senza ancoraggi, che non ha una casa a cui tornare. Libera, ma anche abbandonata a se stessa.

Siamo tornati da Ottilia, e abbiamo visto che si era addormentata sulla spalla di Rinaldo.

Poco dopo Miriam ci ha radunati tutti e ci siamo preparati a scendere dalla nave. Molti sbadigliavano, ma la giornata per noi non era ancora conclusa.

Approdati a Folkstone, siamo saliti su un treno affollato e ci siamo lasciati cadere a terra ostruendo tutti i passaggi.

L'arrivo a Victoria Station ci è stato annunciato da Miriam, che ci ha scosso uno a uno per riportarci alla realtà.

– Ci siamo, ragazzi. Tra poco potrete cenare e poi andare a nanna.

– Io prima devo fare una doccia.

– La farete tutti. Un ultimo sforzo, su.

– *Quick, quick* – ci ha detto un signore con una valigetta in mano. – *I have an immediate connection. Get a move on, please!*

Lo abbiamo fatto passare, perché sembrava disposto a scavalcarci senza tanti complimenti pur di non perdere la sua coincidenza.

Victoria Station è molto grande, e ci siamo sentiti subito spaesati. Con nostra sorpresa, però, all'inizio del binario c'era un signore con un cartello in mano.

Sul cartello era indicato il nome della nostra scuola e quello della prof.

– A quanto pare, siamo attesi – ha detto stupita Miriam. E ha chiesto all'uomo chi fosse.

– *Just follow me to the hotel* – le ha risposto lui con un sorriso.

E noi, che ci eravamo preparati a fare a piedi l'ultimo tratto di strada, siamo invece saliti su un piccolo bus e siamo stati condotti direttamente all'albergo.

– Non mi aspettavo una gentilezza simile da parte dell'albergo – ha esclamato Miriam. Ma è molto gradita.

– A chi lo dice, prof!

Una notte a Londra, arrivo a Plymouth

Dopo la doccia ero così intontita, che della cena non ricordo quasi nulla. Devo aver mangiato con gli occhi chiusi: formaggio, pomodori, forse addirittura cipolla, che non mi piace molto... Tutto in un piatto unico, quando ci sarebbe voluta una bella minestra calda dopo tanto camminare e tanti strapazzi.

Ma ricordo bene la stanza dove abbiamo dormito insieme io, Irene e Ottilia. Una volta a letto, non è stato possibile prendere subito sonno. Così, benché fosse un po' tardi, abbiamo chiamato i nostri genitori e li abbiamo rassicurati.

Io volevo chiamare anche Lisa, ma ho preferito mandarle un messaggio.

– Come vi sentite? – ho chiesto a Irene e Ottilia.

– A pezzi – mi hanno risposto all'unisono.

– Anch'io. Ma non ho sonno, non so perché.

– La troppa stanchezza fa questo effetto, a volte – ha detto Irene.

– Peccato, perché domani mattina la sveglia è alle sette... Miriam ha detto che, dopo la colazione, il bus dell'albergo ci porterà alla stazione di Paddington, da dove parte il treno per Plymouth.

– Avrei voluto vedere qualcosa di Londra – ha sospirato Ottilia. – Chissà quando ci verrò un'altra volta!

– Ci tornerai con Rinaldo, in viaggio di nozze...

– Campa cavallo! Comunque Rinaldo mi è stato di grande aiuto sulla nave. Ogni volta che mi fa una gentilezza o mi dice una parola carina, non posso fare a meno di ripensare a quando ci prendevamo in giro a vicenda e stavamo sempre a farci dispetti. Come cambia il mondo!

– Non è il mondo che cambia: siamo noi che vediamo il mondo e le persone con occhi diversi. Tu che ne pensi, Irene?

Ma Irene si era addormentata di colpo e la mia domanda è rimasta senza risposta. Sentivo il suo respiro tranquillo, e ho abbassato la voce per non svegliarla.

– Sarà meglio imitare tua sorella – mi ha detto Ottilia. – Com'è il tuo letto?

– Un po' molle. Sprofondo nel materasso come se fosse pieno di gommapiuma!

– Anche il mio. Gli albergatori se ne infischiano della schiena dei loro clienti! Buonanotte, Valentina.

– Buonanotte, Otti.

Finalmente il sonno è arrivato, e mi ha trasportato in sogni confusi.

Quando stamattina mi sono svegliata, non riuscivo a sollevare le palpebre.

– Ci siete? – ho chiesto con voce assonnata a Irene e Ottilia.

– Io sono già pronta – ha risposto squillante Irene. – Il bagno è a vostra disposizione.

Mia sorella si è seduta sul bordo del letto, mi ha dato un bacio e mi ha detto: – Anche questo viaggio lo devo a te, Valentina.

Ho aperto gli occhi, mi sono messa a sedere e l'ho abbracciata.

Mezz'ora dopo eravamo tutti nella grande sala per la prima colazione.

– Avete venti minuti – ci ha ricordato Miriam.

– Soltanto?

– Mi dispiace di farvi fretta tanto spesso. Coraggio. È l'ultimo sforzo.

Dopo colazione, mi sono ritrovata puntuale con gli altri nella hall dell'albergo.

– Come hai dormito? – ho chiesto a Tazio.

– Così così.

– Stanotte devo averti sognato, ma non ne sono proprio sicura.

– Hai uno sguardo imbambolato.

– Vuoi dire che sono stanca e brutta?

– No. È come se fossi da qualche altra parte. Ritorna fra noi... stiamo per salire sul bus.

Nella stazione di Paddington ci aspettava un treno colorato. Anche in questo caso non avevamo i posti prenotati e non siamo riusciti a sederci insieme. Ci siamo sparpagliati dove c'erano dei sedili liberi, finché il treno è partito.

Miriam faceva su e giù per il vagone, a chiedere se eravamo sistemati bene.

– Siamo a postissimo, prof – le ho risposto a un

certo punto. – Si sieda e si rilassi. Nessuno scenderà prima del capolinea.

– Va bene. Però chiamatemi se avete bisogno. Sono in fondo al vagone con Sandro e Roberto.

Una signora seduta di fronte a noi si è messa a sgranocchiare biscotti, prendendoli uno dopo l'altro da una confezione a cilindro.

– *Would you like to taste one?* – ci ha chiesto quando la confezione stava per svuotarsi.

– *No, thank you* – le ho risposto.

– *They are digestive biscuits. Very good.*

Ma non ha insistito e li ha mangiati tutti. Poi ha chiuso gli occhi e si è addormentata in un mare di briciole, che dalle gambe cadevano a terra a mano a mano che il treno curvava o rallentava. Io ero accanto al finestrino, sul lato sinistro del vagone. Avevo scelto apposta quella posizione, perché sapevo che a un certo punto il treno si sarebbe messo a costeggiare il mare.

E quando il mare è apparso, ho toccato un braccio a Tazio.

– Guarda.

C'era la bassa marea e molte barche erano piegate su un fianco sulla sabbia.

– Mi sembra di essere lontanissima da casa – gli ho detto.

– Non sembra. Lo sei.

– Non mi riferisco a una lontananza "fisica", di chilometri. È come se fossi in un'altra dimensione, nella quale non sopravvivono nessuna delle mie abitudini e nessuno dei pensieri soliti che mi occupano la mente.

– Mi piaci proprio per la tua aria da sognatrice, Valentina.

– A volte ho l'impressione di essere come una creatura di un altro pianeta, ma non so che farci. Mi meraviglio e mi stupisco di tutto. Nulla mi pare scontato.

Sulla cartina ho riepilogato tutte le stazioni che avevamo superato e quelle a cui stavamo per arrivare. Erano nomi che non sapevo pronunciare con precisione, ma che immaginavo fossero dei contenitori di storie meravigliose: Reading, Newbury, Hungerford, Bedwyn, Pewsey, Westbury, Castle Cary, Taunton.

Alla stazione di Exeter ho pensato di chiamare Lisa, ma mi sono ricordata che era a scuola e che il suo telefonino doveva essere spento.

Appena superata Newton Abbot, però, è squillato il mio.

Era lei.

– Ho solo un paio di minuti, Valentina. Sono nel bagno della scuola, e se mi scoprono con il telefonino acceso sono guai! Dove sei?

– Ci stiamo avvicinando a Ivybridge.

– Ma allora sei a soli dieci chilometri da Plymouth! Sei quasi arrivata. Sono fuori di me dalla gioia. Volevo informarti che...

Ma la linea è caduta e Lisa non ha potuto finire la frase.

– Siamo a una decina di chilometri da Plymouth – ho comunicato a Irene e a Ottilia.

Lo sapeva anche Miriam, evidentemente, che è venuta a metterci in preavviso.

– Ho chiesto al controllore – ha detto. – Questo treno non fa capolinea a Plymouth come pensavo, ma prosegue per Penzance. Comunque fa una lunga fermata. Cominciate a prepararvi.

Adesso che eravamo al termine del nostro viaggio, l'euforia era stata sostituita da una specie di incertezza e di imbarazzo.

– Chissà che figura facciamo – ha detto Gina, intimorita. – Sembriamo degli zombi, con queste facce! E poi ho l'impressione di aver dimenticato quelle quattro frasi d'inglese che sapevo! Ho un po' paura a stare da sola in una famiglia che non conosco... Era meglio se dormivamo tutti insieme in albergo.

– Vedrai, Gina, le paure svaniranno come neve al sole non appena ti sarai ambientata un po' – ha cercato di incoraggiarla Miriam.

– Ci stia vicina, prof.

– *Don't worry, don't worry.*

Il treno è arrivato nella stazione di Plymouth alle undici precise.

Il controllore si è piazzato sul marciapiede accanto alla porta del vagone, ci ha aiutati a tirar giù i bagagli e ha continuato a ripeterci: – *Take it easy, take it easy, no need to hurry, children. You have plenty of time. Are you awaited?*

– *I think so* – gli ha risposto Miriam. Poi ci ha detto: – Non dovevano esserci dei genitori ad aspettarci?

Ma non abbiamo visto nessuno, e ci siamo sentiti improvvisamente abbandonati.

Solo per poco, però, perché un uomo ci è corso incontro gridando: – *Here I am, here I am! Sorry for being a bit late. You're coming from Italy, aren't you?*

Miriam lo ha guardato perplessa. Era un uomo alto e robusto con pochi capelli in testa, un viso roseo e allegro.

– *I'm the caretaker, the school's caretaker, you know?*

– Dice che è il custode della scuola – ci ha tradotto Miriam.

– *I've come with a bus to drive you to school. Do you understand?*

Era venuto con un pulmino per portarci alla scuola: forse era questa l'informazione che Lisa voleva comunicarmi.

L'uomo ci ha mostrato il pulmino appena fuori dalla stazione e ci ha invitati a seguirlo. A caricare i nostri bagagli ha pensato lui. Infine si è fregato le mani, ha messo in moto e ha detto: – *Five minutes, not more.*

Cinque minuti dopo ci siamo fermati, emozionatissimi, davanti al cancello di una scuola che si sviluppava su un piano solo, all'interno di una vasta recinzione con basse costruzioni, campi da gioco e prati.

Il cancello si è aperto automaticamente, il pulmino è entrato e si è fermato di fronte alla costruzione centrale, dove ci aspettava un uomo con le braccia incrociate e il volto sorridente.

Un caloroso benvenuto

– Welcome! *Welcome to our school!* – ha ripetuto l'uomo, alto e dall'aspetto signorile, stringendo la mano a Miriam.

Poi ha detto al custode di sistemare i nostri bagagli in un angolo del corridoio.

– *We've been looking forward to meeting you, children. Welcome, welcome* – ha ripetuto l'uomo stringendo le mani a me e a tutti i miei compagni.

– Non sembra un inglese – mi ha mormorato Ottilia.

L'uomo si è infine presentato e ha detto di essere il preside della scuola.

– I vostri amici sono ansiosi di incontrarvi – ha tradotto per noi Miriam. – Vi stanno aspettando nella loro classe. Anzi, potete vedere che stanno sbirciando nel cortile da quella finestra.

Dietro una grande vetrata, infatti, c'erano tante facce che ci fissavano e tante mani che accennavano a un saluto.

– *Please, follow me.*

Abbiamo seguito l'uomo, con il cuore in tumulto, lungo un corridoio tirato a lucido e con le pareti coperte di quadri, disegni, lavori in legno che dovevano provenire da qualche laboratorio di falegnameria della scuola. Poi abbiamo deviato a destra e ci siamo fermati davanti alla porta verde di un'aula dalla quale proveniva un mormorio diffuso.

Il preside ha bussato, ha atteso di sentire «*Come in*» e ha spinto la porta.

I ragazzi erano seduti ai loro posti, Camilla era in piedi dietro la cattedra. Noi siamo entrati uno dopo l'altro nell'aula e ci siamo disposti con le spalle alla lavagna.

Miriam è andata ad abbracciare la sua amica e, in silenzio, abbiamo ascoltato le parole del preside.

– Potete salutarvi con comodo per un quarto d'ora – ha detto. – Poi vi aspettiamo in palestra per il saluto ufficiale della scuola. A più tardi, allora.

Appena l'uomo è uscito, ci siamo guardati tutti in faccia. Ciascuno cercava di riconoscere il proprio amico di penna. Io ho individuato subito Lisa, che era seduta in uno dei primi banchi. Le ho sorriso, lei mi ha sorriso e siamo corse una nelle braccia dell'altra.

A quel punto i miei compagni si sono sparsi tra i banchi. I ragazzi inglesi hanno teso la mano ai maschi della nostra classe, le ragazze sono state meno formali e si sono abbracciate.

– Oh, Valentina, che gioia averti qui! – mi ha detto Lisa. – Mi sembra un sogno dopo averti scritto tante lettere e parlato tanto tempo al telefono! Ti ho riconosciuta subito.

– Anch'io, Lisa.

– Ho tante cose da dirti, tante da farti vedere. Ti sei stancata?

– Abbastanza. Ma ne è valsa la pena.

Anche Camilla è passata a salutare me e i miei compagni con una calorosa stretta di mano. E parlando in italiano ha detto: – Benvenuti! Vorremmo avervi tutti per noi, ma tra poco dovremo andare in palestra, perché anche gli altri alunni sono curiosi di incontrarvi. È davvero una bella novità per la nostra scuola, e sono contenta che la mia amica Miriam abbia pensato a questo scambio.

Welcome Friends

– E noi siamo contenti che tu abbia accettato – ha detto Miriam.

Ottilia teneva per mano Christine e si vedeva che avrebbe voluto stare da sola con lei, anche se non sarebbe riuscita a parlarle come voleva. «Ma per dire certe cose, bastano gli occhi» mi aveva detto in treno.

Irene si sforzava di parlare in inglese con Emma, che a sua volta cercava di parlare in italiano con lei. Emma era proprio come me l'ero immaginata: paffutella, gli occhi allegri e le mani sempre in movimento.

Douglas era un po' impettito e discuteva con Tazio con il tono di un professionista che illustra la sua merce. Quanto a Joseph, aveva le scarpe slacciate e la cravatta storta.

Gli alunni di Camilla indossavano tutti la divisa. Ho osservato con attenzione quella di Lisa: calze lunghe, gonna blu, camicetta bianca, cravatta e felpa blu con lo scollo.

– La porti volentieri? – le ho chiesto.

– È obbligatoria. Ma qualcosa cambierà, dal prossimo anno, almeno per quanto riguarda l'abbigliamento delle ragazze.

– In che senso?

– Non potremo più portare la gonna. Dovremo sostituirla con i pantaloni.

– Come mai?

– Per poter svolgere più comodamente le attività che richiedono movimento, dicono. Alcuni pensano che sia una richiesta dei genitori, altri degli insegnanti. Comunque, per me è lo stesso. Anzi, è meglio. Così non devo stare sempre a tirarmi giù la gonna quando andiamo a sederci in palestra.

– A proposito... È proprio necessario partecipare a questa assemblea?

– Altroché! Il preside farà un discorso ufficiale, e saranno presenti tutte le classi con i rispettivi insegnanti, anche quelli che gestiscono i laboratori e quelli che vengono da fuori a insegnare musica. Questo è un evento davvero speciale per la nostra scuola. È sempre stata una scuola un po' chiusa, ma con l'arrivo del nuovo preside le cose stanno cambiando. È stato proprio lui a incoraggiare Camilla ad avviare questa corrispondenza. È un tipo che ci parla sempre di Europa e della necessità di rafforzare i rapporti tra i popoli, ma tiene anche molto alla disciplina e alla serietà nello studio. Ci sono sempre premi in palio per chi si impegna di più. Inoltre, qui accogliamo ragazzi disabili, e per loro si fa davvero molto.

– È ora di andare, ragazzi – ha annunciato Camilla. – In fila come al solito – ha aggiunto rivolta ai suoi alunni.

Noi ci siamo accodati e li abbiamo seguiti mentre si dirigevano in palestra.

La palestra era proprio di fronte all'ufficio del preside. Quando siamo arrivati, era già piena. I ragazzi e le ragazze erano seduti a terra, in fila per classi, mentre gli insegnanti stavano in piedi lungo le pareti.

Alla classe di Camilla e a noi era stato riservato uno spazio nella parte anteriore, di fronte a una cattedra sulla quale c'erano la bandiera inglese e quella italiana.

Non si sentiva volare una mosca.

Miriam si è collocata con Camilla a destra della cattedra e ci ha rivolto un sorriso di incoraggiamento. In effetti, ci sentivamo tutti un po' spaesati. Naturalmente speravo che a nessuno venisse l'idea di chiamare qualcuno di noi a dire o a fare qualcosa.

Quasi subito è arrivato il preside, che si è messo

dietro la cattedra, ha fatto scorrere lo sguardo sui presenti, è sembrato visibilmente soddisfatto e ha cominciato a parlare. Non ho capito tutto, anche se parlava lentamente, ma il succo del suo discorso mi è stato chiaro.

«Siamo davvero felici di vivere questa nuova avventura, resa possibile grazie alla disponibilità e all'impegno di una delle nostre insegnanti. A me è sempre piaciuto viaggiare, ho conosciuto tante realtà scolastiche in giro per l'Europa e ho creduto fortemente nella necessità di mettere ragazzi di diversi Paesi in contatto fra loro. È il modo migliore non solo per apprendere le lingue, ma per confrontarsi, per entrare nel cuore delle diverse culture. Insomma, è il modo più efficace per preparare i ragazzi a convivere nel rispetto reciproco. Mi auguro che l'esempio della nostra Camilla e della sua classe sia seguito da altri insegnanti e da altre classi. In questi giorni offriremo ai nostri ospiti italiani tutta la nostra simpatia e la nostra amicizia. E faremo in modo che conoscano bene la nostra amata Plymouth e ne portino via con loro un ricordo affettuoso.»

Quando il preside ha finito di parlare, ha preso la

parola Camilla, che ha spiegato in modo dettagliato come si era svolta la corrispondenza nel corso dei mesi e quali risvolti pratici aveva avuto per le attività della classe.

Poi è toccato a Miriam, che ha ringraziato per l'accoglienza che ci era stata riservata.

Infine i ragazzi di Camilla si sono alzati a gruppi di due o tre e hanno recitato dei dialoghi in italiano. Hanno anche cantato un paio di canzoncine per bambini del nostro patrimonio popolare e sono stati molto applauditi.

L'assemblea è terminata e le classi, una dopo l'altra, sono ritornate in silenzio nelle loro aule.

– È durata meno di quanto pensavo. Meno male – ha sorriso Lisa. – Ho una fame! Per fortuna oggi tocca a noi il primo turno.

– Non mangiate tutti insieme? – le ho chiesto.

– Il locale della mensa non potrebbe contenerci tutti. Perciò si fanno i turni: una ventina di minuti per gruppo. Venite, andiamo a lavarci le mani.

Nel locale della mensa c'erano una dozzina di tavoli e sei sedie per ciascuno.

Il sistema di distribuzione del cibo era come il nostro. Si prendeva un vassoio e si passava in fila dalle varie cuoche a prendere le porzioni del menu del giorno in piatti di porcellana.

A tavola mi sono seduta con Lisa, Tazio, Douglas, Ottilia e Christine. Irene è andata sedersi con Emma a un altro tavolo.

Abbiamo mangiato piselli e carne, purè di patate e un budino alla crema.

– Vi piace? – ha chiesto Lisa a tutti.

– È buono – ho risposto io. Anche se ho guardato con dispiacere la carne, perché preferisco non mangiarla. Ma non volevo offendere le cuoche, che ci osservavano con uno sguardo incoraggiante dal banco di distribuzione.

– Non mangiate mai la pastasciutta? – ho chiesto a Lisa.

– Io la mangio spesso quando vado in Toscana – mi ha risposto. – Ma a scuola non c'è mai nel menu, perché non fa parte della nostra cultura e i miei compagni non la mangerebbero volentieri.

– Bisognerà pensarci quando verrete a Torino. Da noi, infatti, la servono spesso a mensa.

– Credo che i miei compagni l'assaggeranno. Purché ci sia a disposizione molto ketchup!

Al termine del pranzo, siamo usciti nel cortile.

C'era un bel sole e avevo voglia di passeggiare con Lisa. Le ragazze delle altre classi si sono avvicinate a noi e hanno cominciato a farmi domande, a cui non è stato facile rispondere perché parlavano in fretta.

I maschi si sono uniti ai maschi e si sono messi a giocare a calcio.

A quel punto Douglas, che sembrava il più riservato, è diventato il più scatenato di tutti. Giocava con foga e padroneggiava il pallone con molta disinvoltura.

– È bravo – ho detto a Lisa.

– Il mio Douglas è bravo in tutto... a parte nel fare discorsi d'amore. In questo ha ancora molto da imparare – ha concluso ridendo.

– Come tutti i maschi, del resto.

– Anche Tazio è così?

– Oh, no. Tazio quel linguaggio lo ha imparato da tempo.

– Glielo hai insegnato tu?

– Un po', con pazienza.

– A scuola tutte le ragazze stanno un po' sulle loro e non parlano volentieri delle loro storie. Non lo faccio nemmeno io, naturalmente.

– Per me invece è un argomento di conversazione continua con Ottilia e Irene. Ma ne parlo anche con zia Elsa, e un po' anche con mia madre.

– Hai tanta confidenza con gli adulti?

– Solo con alcuni. E con Camilla come va?

– È una brava prof, come ti ho detto, e con lei si può discutere di ogni cosa.

Oltre un piccolo pendio erboso, ho visto un orto.

– Di chi è? – ho chiesto a Lisa.

– Della scuola. Se ne occupano alcune classi a turno. Si coltiva un po' di tutto e si consuma quello che si produce. Ma chi risolve tutti i problemi sulla coltivazione è il nostro custode, Ben. È un vero esperto e ci dà preziosi consigli.

– Allora è come il custode che avevamo alle elementari! Si chiamava Zep, e coltivava con passione e competenza l'orto della scuola.

Mezz'ora dopo siamo rientrati in classe. I ragazzi sarebbero rimasti con Camilla fino all'ora di uscita.

Io ho subito chiesto ai miei amici com'era andata.

– Ci capiamo a spizzichi e bocconi – ha detto Ottilia. – Ma è meno complicato di quello che credevo.

– Joseph è un vero spasso – ha detto Gianni.

– Emma non lo è da meno – ha detto Irene. – Mi recita una *nursery rhyme* dopo l'altra e mi chiede di ripeterle insieme a lei.

– Douglas mi ha parlato solo di calcio e non di chimica. Un bel passo avanti – ha detto Tazio.

– E tu, Rinaldo?

Rinaldo si è grattato la testa e mi ha risposto: – Ho provato a mettere gli occhiali di William, e stavo per cadere a terra. Ci vede davvero poco! Ma non si preoccupa molto: dice che con i suoi occhiali è in grado di andare in capo al mondo. Ne ha sempre un paio di scorta, per ogni eventualità.

Nella classe di Camilla abbiamo provato a parlare prima tutti in inglese, poi tutti in italiano con effetti buffi che ci hanno fatto ridere. Ogni paura era scomparsa, e ci sembrava di conoscerli da sempre.

Ma quando alle tre e mezzo ci siamo preparati a uscire da scuola, lo stato d'animo è diventato più incerto.

– Adesso sì che cominciano i problemi! – ha detto Ottilia. – Come devo regolarmi a casa di Christine? E come verrò accolta?

– Comportiamoci senza fingerci diversi da come siamo – le ho risposto. – Non avranno alcun interesse a metterci in difficoltà o in imbarazzo, no? Domani ci raccontiamo tutto.

Incontro col Barbican, libri, barche e gabbiani

All'uscita da scuola, la gente davanti ai cancelli era parecchia. I genitori dei nostri amici erano venuti in auto e una vigilessa in divisa si affannava a tenerli lontani, per non bloccare il traffico.

Miriam e Camilla ci hanno fatti spostare da una parte e ci hanno affidati, uno dopo l'altro, alle famiglie a cui eravamo destinati.

Ho salutato i miei compagni e sono andata incontro ai genitori di Lisa con un po' di emozione. Suo padre mi ha stretto forte la mano, sua madre mi ha posato un braccio sulla spalla e mi ha detto: – *Welcome, Valentina. I hope you'll feel at home with us. I'm really pleased to meet you.*

La madre di Lisa indossava una comoda salopette che metteva in evidenza il suo pancione.

La mia sacca è stata messa nel portabagagli e io

mi sono seduta accanto a Lisa sul sedile posteriore. Abbiamo attraversato una parte del centro di Plymouth e poi siamo entrati nel Barbican. Quante volte me ne aveva parlato Lisa!

– Dunque è questo il famoso quartiere dove abiti – ho detto mentre entravamo in stradine davvero strette, dopo aver costeggiato il molo con i pescherecci affiancati uno all'altro.

– Per me è come un'isola – mi ha risposto Lisa. – Ma un'isola piena di segreti tutti da scoprire. Adesso andiamo a sistemare le tue cose nella nostra camera; più tardi scenderemo a fare una passeggiata e ti farò conoscere un simpatico libraio.

Il palazzo in cui Lisa abitava si affacciava su una specie di budello dove il sole non doveva entrare quasi mai.

L'appartamento era al secondo piano, e naturalmente non c'era l'ascensore. I gradini di pietra delle scale erano molto consumati e la ringhiera di metallo era fredda e umida sotto la mano.

– Non farti impressionare – mi ha detto Lisa quando mi ha visto osservare con attenzione ogni particolare della casa. – L'appartamento è molto confortevole.

– Sono solo incuriosita – le ho detto. – Ho visto case così nei quartieri medievali di alcune città italiane: mi piacciono molto, con la loro aria d'antico. Le preferisco alle case impersonali dei nostri giorni.

Lisa mi ha mostrato la nostra camera.

La finestra non dava sul vicolo da cui eravamo entrati, ma sul molo. C'erano due letti divisi da un comodino, un armadio a muro, alcuni scaffali, una scrivania con un computer portatile e un baule di legno in un angolo.

– Questa parte dell'armadio è tutta per te – mi ha detto Lisa. – Scegli tu il letto in cui vuoi dormire.

– Va bene uno qualsiasi.

– Che te ne pare?

– È molto accogliente.

– È il mio piccolo regno. Qui dormo, scrivo, leggo e sogno. E quando mi sento un po' triste, apro la finestra e guardo le barche che indugiano nella baia. È come se fossero incerte sulla direzione da prendere: proprio come mi sento io a volte. Succede anche a te di non sapere che direzione dare alla tua vita?

– Mi succede spesso.

– Allora non è una caratteristica solo delle ragazze inglesi.

– Direi proprio di no, Lisa.

– Pensavo che il sole di cui godete per tanta parte dell'anno vi rendesse più spensierate. Da noi il grigio dura troppo: l'autunno e l'inverno sono lunghi e induriscono il carattere delle persone. È per questo che non vedo l'ora di andare in Toscana a trovare i nonni. Noi abbiamo vari periodi di vacanza durante l'anno e io ne approfitto sempre per passarli con loro. Quando una volta, a fine febbraio, ho visto fiorire un ciliegio nel giardino dietro la loro casa, sono rimasta imbambolata a guardarlo e, non so perché, mi è venuto da piangere.

Lisa mi ha aiutata a sistemare le mie cose nell'armadio e, quando il borsone era vuoto, mi ha chiesto: – Ti va di uscire?

Siamo scese tenendoci per mano e ci siamo avviate verso il molo. Il sole stava per tramontare e si respirava un'aria che sapeva di salsedine e di frittura di pesce.

– Se ti va, una sera possiamo andare a mangiare in un ristorantino della zona che fa dell'ottimo pesce alla griglia – mi ha detto Lisa.

– Il pesce mi piace sempre, purché non abbia le spine.

– Io conosco alcuni dei pescatori – ha ripreso Lisa – e mi piace osservarli mentre srotolano le reti e si preparano a partire per la pesca. Ma qui ci conosciamo quasi tutti: c'è chi dice di aver tenuto in braccio la mamma da bambina e chi di essere andato in mare con il nonno da ragazzo. È tutta gente alla mano. Vieni, voglio farti conoscere un vecchio librario che del Barbican sa proprio tutto.

Lisa mi ha letteralmente trascinata lungo la strada principale fino a una libreria che esponeva nella sua vetrina vecchie stampe, libri con la copertina di pelle e fregi dorati, pagine di quotidiani che risalivano a più di cent'anni fa… Ha spinto la porta a vetri, una campanella ha emesso uno squillo argentino e un vecchio signore con una barba bianca che gli arrivava al petto e un paio di pantaloni sorretti da bretelle ci è venuto incontro.

Lisa mi ha presentata e l'uomo ha detto: – *How do you do?*

– *How do you do?* – gli ho risposto.

Poi ha cominciato a parlarci del Barbican e ci ha mostrato delle vecchie stampe di un paio di secoli fa. Infine ci ha lasciato perlustrare gli scaffali con i ripiani di legno che coprivano le pareti della libreria, in tre stanze comunicanti fra loro per mezzo di porticine.

In una stanza c'era un intero scaffale dedicato ai libri per ragazzi, e sono rimasta stupita quando ho visto una vecchia edizione di *Alice nel paese delle meraviglie*, identica a quella che il maestro ci aveva portato a scuola dicendoci di averla trovata in una vecchia libreria londinese.

– Sembra che io trovi tracce del maestro dappertutto! – ho detto a Lisa.

Abbiamo salutato il libraio e siamo tornate sul molo.

I gabbiani erano indaffarati a zampettare tra le gambe dei pescatori alla ricerca di qualcosa da mangiare, e Lisa mi ha detto: – Adesso gli compro un po' di pesce fritto.

Siamo entrate in una specie di rosticceria, Lisa ha acquistato un cartoccio di pesce fritto e siamo corse a distribuirlo ai gabbiani, che si sono radunati in gran numero intorno a noi.

Mentre li osservava mangiare, Lisa mi ha detto: – A volte vorrei essere come uno di loro. Da piccola sognavo di farmi crescere le ali con una magia e di volare sulla baia di Plymouth. Dev'essere bella vista dall'alto. Domani potrai fartene un'idea guardandola dalla piccola collina di Plymouth Hoe. O meglio ancora, salendo sul faro che si trova lì, quello che noi chiamiamo Smeaton's Tower. Con i suoi colori bianco e rosso, è molto suggestivo all'alba e al tramonto.

– Penso che Gianni ne sarà entusiasta più di tutti. È un vero appassionato di fari!

Quando si è fatto buio, siamo tornate a casa. Ho richiamato mia madre e mi sono preparata a cenare con la famiglia di Lisa.

Ho cercato di parlare inglese ogni volta che potevo, anche se i genitori di Lisa mi dicevano che capivano benissimo l'italiano.

– Ma io sono venuta anche per imparare meglio l'inglese – ho detto.

– *Then go on* – mi ha detto a un certo punto ridendo il padre di Lisa. – *Let's speak English all the time, if you wish.*

Quando però siamo andate a letto, e Lisa ha spento la luce sul comodino, con lei ho preferito parlare in italiano.

– Mi piace l'Italia – mi ha detto. – Ma amo molto Plymouth, il Devon e la Cornovaglia. Ci sono nata, capisci? Non posso fare a meno del mare, delle corse in bici lungo i sentieri della Cornovaglia, delle camminate attraverso le brughiere del Devon. Quando mi affaccio dalla costa a picco sul mare, provo un senso di vertigine e un sentimento di nostalgia per qualcosa che non so definire. Quel mare che si scaglia contro le rocce, il vento che piega le siepi, le nuvole che giocano a rincorrersi nel cielo, le piogge che sono come un pianto inconsolabile in un giorno d'autunno, mi entrano nel cuore e modellano il mio presente e il mio futuro. Non so se sono riuscita a spiegarmi, Valentina.

– Ti sei spiegata benissimo, Lisa. Provo anch'io emozioni simili quando percorro le strade della vecchia Torino, o salgo sulla collina di Superga e guardo la mia città circondata dai monti e attraversata dai fiumi. E palpito di gioia quando vado a trovare i miei nonni nelle Langhe e faccio lunghe camminate tra le colline. Oppure quando vado in Valle d'Aosta e mi inerpico su per le montagne per lanciare lo sguardo il più possibile lontano. Non puoi fare a meno di amare i posti dove sei cresciuto, te li porti dietro per sempre. Ma è bello conoscerne altri, entrare nel cuore e nella mente delle persone che vivono altrove e che sono legate ad altri paesaggi e ad altre memorie. Ecco perché sono venuta a trovarti così volentieri: voglio che i luoghi della tua vita diventino in parte anche miei. Credo che ci somigliamo molto per carattere e pensieri, non trovi?

– L'ho pensato anch'io fin da quando ho ricevuto la tua prima lettera.

Abbiamo taciuto per qualche minuto, finché abbiamo sentito nell'aria un canto malinconico.

– Sarà qualche pescatore che sta per mettere la barca in mare – mi ha detto Lisa. – Ho sempre desiderato andare con qualcuno di loro e osservarli mentre aspettano che i pesci abbocchino, quando nel silenzio della notte affiorano i ricordi. Solo il mare sa darti queste sensazioni di abbandono. Quando è calmo, sa cullarti come una madre; quando si infuria, diventa crudele. È il vento che lo rende brutale e pericoloso. Ma il vento, come faccio a odiarlo? È bello quando accarezza l'erba e sembra fare il solletico agli alberi. E mi piace anche quando si infila nelle strade del Barbican, sibila e fa sbattere le imposte. In certe notti d'inverno, mi tiene compagnia.

– Mi piace ascoltarti, Lisa.

– Invidio chi sa esprimere con parole i sentimenti e le emozioni di tutti. Ecco perché mi piace leggere i libri e ammiro chi li scrive.

– Spero che saremo a lungo amiche.

– Lo spero anch'io, Valentina. Buonanotte.

– Buonanotte, Lisa.

Una collina, un faro, una baia, un'isola

Stamattina, all'ora di colazione, mi sono affacciata con una certa curiosità in cucina. Quando ho visto la tavola apparecchiata con biscotti, latte, muesli, fiocchi di mais tostato, panini, marmellata e succhi di frutta, sono scoppiata a ridere.

– *Why do you laugh like that?* – mi ha chiesto stupita la madre di Lisa.

– Dunque fate colazione come noi! – ho esclamato.

– Ti aspettavi forse uova e pancetta? – mi ha chiesto Lisa. – Questo tipo di colazione i miei la fanno solo il sabato, quando stanno via buona parte della giornata per fare la spesa e saltano il pranzo. Io, comunque, mangio solo quello che vedi in tavola. La pancetta e le uova non mi piacciono per niente.

– *Eat up, eat up* – ci ha esortato la madre.

– Eh, sì, ci conviene mangiare tanto – ha detto Lisa. – Credo che faremo molta strada, e non so se a pranzo potremo tornare a scuola.

– *What's the weather like?* – ho chiesto alla madre di Lisa.

– *It's a beautiful day* – mi ha risposto.

E a Lisa ho chiesto: – Tuo padre è già al lavoro?

– Il suo turno comincia presto ai cantieri navali di Plymouth. È uscito due ore fa.

Quando eravamo pronte, ho fatto una telefonata a casa.

– Riguardati, Valentina – mi ha detto mia madre.

– Non preoccuparti. Sto per andare a scuola.

– Così tardi?

– Mamma, noi siamo un'ora indietro rispetto a voi.

– Ah, già. Buona giornata, Valentina.

– Ti richiamo stasera, mamma.

Erano le otto e mezzo quando Lisa e io siamo uscite di casa. Ero davvero impaziente di rivedere Ottilia, Tazio, Irene e gli altri. Mi sembrava un secolo da quando li avevo lasciati per andare a casa di Lisa! Appena li ho visti davanti al cancello della scuola, sono corsa ad abbracciare con slancio Ottilia e Irene. Avrei voluto fare lo stesso con Tazio, ma mi sono trattenuta.

– Bene, rieccoci alla base – ha detto Camilla. – La mia classe ha il permesso di stare con voi tutto il tempo necessario, perciò vi faremo da guida.

– Da dove cominciamo? – ha chiesto Ottilia, che teneva sottobraccio Christine.

– Da Plymouth Hoe – le ha risposto Camilla. – È un po' il simbolo di Plymouth, e il posto migliore da cui abbracciare con lo sguardo un panorama suggestivo e indimenticabile.

Prima di metterci in cammino, ho dato un'occhiata alle scarpe di Joseph: le aveva di nuovo slacciate! Come faceva a non inciampare? William si è pulito le lenti degli occhiali con un piccolo panno che ha tirato fuori dal taschino della giacca e ha fatto l'occhiolino a Rinaldo. Emma ha dato la mano a Irene.

– Tutto a posto? – ho chiesto ai miei amici.

– A meraviglia! – mi ha risposto Ottilia. – Christine sta diventando una cara amica.

– Io, invece, sto imparando tutto il repertorio delle *nursery rhymes* da Emma – mi ha risposto Irene. – È incredibile quante ne conosce!

– *I know them by heart because they are amusing*

and I like them – ha detto Emma, che evidentemente aveva capito le parole di Irene.

Lisa mi aveva mostrato Plymouth Hoe in cartolina. Ma quando siamo arrivati in cima a questa specie di collina che precipita ripida verso la baia di Plymouth, la sensazione che ho provato è stata indicibile. Lo sguardo spaziava lontano e abbracciava la baia di Plymouth inondata di sole e piena di barche, l'isola di Drake, la grande piscina all'aperto di Tinside Lido.

Camilla ha richiamato la nostra attenzione anche sul parco di Mount Edgcumbe, al di là del fiume Tamar.

– È un posto bellissimo, ma non so se avremo il tempo di visitarlo.

A Plymouth Hoe la gente passa in ozio molte ore del giorno. C'erano anziani, donne, bambini, turisti. Il vasto pendio verde ti invita a passeggiare, a dormire sotto il sole e magari a far capriole.

– Che te ne pare? – mi ha chiesto Lisa con evidente orgoglio.

– È uno splendore – le ho risposto sincera.

Accanto a noi c'era il faro, la Smeaton's Tower. Camilla ci ha spiegato che prima si trovava sullo scoglio di Eddystone e che venne ricostruito dove sorge ora nel 1877.

Gianni lo contemplava affascinato. Chissà quanto desiderava salirci e sostare in alto nella cupola di vetro!

– Ci si può salire? – ho chiesto a Lisa.

– Sì, certo.

– Allora provo a chiederlo a Camilla.

– Ho capito – mi ha detto Camilla. – Ci penso io.

E mentre noi ci distribuivamo tutti in giro o ci sedevamo sulle panchine per chiacchierare, Camilla è entrata nel faro con Gianni. Credo di essere stata la sola ad accorgermene. Camilla stava accordando un privilegio al mio amico e non voleva che gli altri lo sapessero.

Quando sono usciti sul prato, ho rivolto su di loro il piccolo binocolo che mi ero portata da casa per vedere meglio i paesaggi lontani: Gianni era imbambolato e felice come un bambino che aveva soddisfatto un desiderio a lungo coltivato.

– Vorrei portarvi in centro – ha detto Camilla raggiungendoci.

Gianni mi ha sorriso.

Ci siamo raggruppati, e via dietro di lei e a Miriam,

ENG
ITA

che chiacchieravano spensieratamente come due vecchie amiche felici di stare insieme.

Il centro di Plymouth è fatto di belle piazze, di bei palazzi, di belle chiese. Domina il colore bianco e sembra di essere in una città di marmo.

Abbiamo sostato accanto a una coloratissima giostra per bambini, ammirato la grande meridiana e visitato la chiesa di Saint Andrew.

– Plymouth non è sempre stata così. Quella che vedete è una città interamente ricostruita dopo che i bombardamenti della Seconda guerra mondiale la rasero tutta al suolo. Si salvò soltanto il quartiere del Barbican, nel quale abita la nostra Lisa. I bombardamenti furono terribili. Tuttavia mia nonna mi ha raccontato che, mentre cadevano le bombe di Hitler, le persone si affollavano sui prati di Plymouth Hoe e danzavano per sfidare con il loro coraggio gli aerei portatori di distruzione e di morte. Quello fu un periodo eroico, quasi epico, per noi inglesi. Ci sentimmo tutti come fratelli, e molti diedero prova di grande generosità. I bambini furono mandati nell'interno del Paese per allontanarli dai bombardamenti, e fino al termine della guerra furono ospitati da famiglie che non sapevano nulla di loro. Quando tornarono a casa, molti non ritrovarono i loro genitori. Ma si erano salvati, e avrebbero contribuito anche loro al futuro della nostra nazione.

A mezzogiorno siamo andati a mangiare dei panini in un centro commerciale e il pomeriggio lo abbiamo passato a fare piccoli acquisti. Gianni ha comprato una riproduzione in pietra della Smeaton's Tower, io molte cartoline con le vedute principali di Plymouth.

– Compra anche questa – mi ha suggerito Lisa.

E mi ha mostrato una cartolina che ritraeva il villaggio di Polperro in Cornovaglia.

– Domani sera andremo a dormire da zia Ellen, che abita in una vecchia casa di questo villaggio. Ci tiene tanto a ospitarci, e tu avrai l'occasione di vedere uno dei posti più caratteristici della Cornovaglia.

Ho guardato a lungo la grande cartolina che Lisa mi aveva consigliato di acquistare: mostrava un tratto di costa dalla fitta vegetazione, un'insenatura nella quale si infilava un braccio di mare, una diga che proteggeva l'ingresso di un porticciolo e un ammasso di case con i tetti a punta che in parte si addossavano le une alle altre lungo il fianco interno della costa, in parte circondavano il porto affollato di barche.

– La casa di mia zia si affaccia su una tipica strada di Polperro – ha detto Lisa. – Zia Ellen parla un dialetto Cornish difficile da capire, ma lo usa soltanto quando ha a che fare con persone che le sono antipatiche. Con te parlerà inglese, stai tranquilla. Vive da sola ed è un po' bizzarra, ma è anche allegra e generosa. Le voglio molto bene.

Verso le quattro siamo tornati a scuola per salutare il preside.

– *Are you enjoying your stay in Devon?* – ci ha chiesto.

– *Every moment* – ha risposto Tazio.

– *I'm glad to hear that. I hope you'll bring back home good memories of our County.*

– Ci vediamo domani – ho detto ai miei amici al momento di salutarli.

– Si sa già dove andremo? – ha domandato Ottilia.

– A Dartmoor – le ha risposto Camilla. – Munitevi di giacche a vento con il cappuccio, perché potrebbe piovere, anche se partiremo con il sole. Il tempo cambia facilmente sulla brughiera.

– Andremo a vedere anche la famosa prigione? – ha chiesto Rinaldo.

– Sì. Ci fermeremo a Princetown. La prigione domina una delle parti più tetre della brughiera. Fu costruita ai tempi di Napoleone per rinchiudervi i prigionieri di guerra ed è usata ancora oggi.

Ci siamo salutati e siamo tornati ciascuno presso le famiglie che ci ospitano.

Un pirata nelle strade del Barbican

Prima di cena, Lisa mi ha chiesto se avevo voglia di fare un giro nel Barbican.

– Volentieri – le ho risposto.

– Potremmo mangiare *fish and chips* a uno dei tavoli di legno lungo il molo.

I tavoli erano quasi tutti occupati. Quando siamo riuscite a trovarne uno libero, abbiamo ordinato un cartoccio a testa di *fish and chips*. Le patatine fritte mi piacciono. Abbiamo aperto i cartocci e ci siamo messe a mangiare con le mani. I gabbiani ci guardavano da lontano, ma non osavano avvicinarsi, perché i camerieri li cacciavano battendo le mani.

– Più passa il tempo e più sono innamorata di Douglas – mi ha detto Lisa. – In questi giorni, poi, mi sembra più carino che mai. Lo terrei abbracciato per ore. Tu abbracci spesso Tazio?

– Quando abbiamo occasione di stare da soli, sì.

– E quando state da soli?

– Quando viene a trovarmi a casa e facciamo i compiti nella mia camera. O quando andiamo a passeggiare in centro o nel parco del Valentino.

– Hai molta libertà...

– Quella che normalmente i genitori concedono a una ragazza della mia età.

– Io non sono mai uscita da sola con Douglas. Credo che i miei genitori non avrebbero problemi a darmi il permesso, sono i suoi che non vorrebbero.

In quel momento si è avvicinato al nostro tavolo un uomo un po' curvo che indossava una divisa blu con i bottoni dorati, portava una feluca in testa e aveva una cicatrice sulla guancia sinistra.

– *Oh, sir Drake!* – ha esclamato Lisa alzandosi.

– *Sit down, my dear, sit down* – le ha detto l'uomo con un gesto della mano.

Lisa si è seduta, mi ha lanciato uno sguardo e si è messa furtivamente un dito sulle labbra.

– *Who's she?* – le ha chiesto l'uomo fissandomi con diffidenza. – *Is she Spanish or French?*

– *Oh, no* – si è affrettata a rispondere Lisa. – *She is Italian*.

– *Luckily for her.*

– *And she is my friend.*

– *In that case...* – ha ripreso l'uomo.

– *I'm Italian, I'm from Turin* – ho voluto precisare per prendere un po' parte alla conversazione.

– *Turin? Never heard of it.*

– *In the north of Italy, you know?*

– *I don't know.*

– *Anyway* – ha ripreso Lisa – *she is a friend of England. You can be sure of that.*

– *Good.*

Dire che ero sconcertata, è dire poco. Non capivo perché l'uomo ce l'avesse con spagnoli e francesi e perché Lisa si fosse affrettata a dirgli che ero italiana, sua amica e, soprattutto, amica dell'Inghilterra. Solo queste parole sembravano aver fugato la diffidenza dell'uomo che lei aveva chiamato sir Drake. Perché *sir*?

A quel punto è iniziata una fitta conversazione tra Lisa e l'uomo, e io mi sono limitata ad ascoltare cercando di capire di cosa stessero parlando. Ma ho dovuto aspettare che, alla fine, Lisa mi traducesse le loro parole.

Il succo del dialogo è stato questo.

«Novità, sir Drake?» ha cominciato Lisa.

«Un bel po'.»

«Spero belle.»

«Ottime, miss Lisa. L'altro ieri abbiamo ripulito un galeone spagnolo che aveva avuto l'ardire di avvicinarsi alle coste della Cornovaglia.»

«Intende dire...»

«Che ci siamo impadroniti di tutto l'oro che avevano a bordo.»

«E cosa ne avete fatto della nave?»

«Volevo mandarla a far compagnia ai pesci, ma poi ci ho ripensato. Ho deciso di smontarla e di utilizzare il legno per costruire una nuova nave.»

«La regina sarà stata contenta.»

«Contenta? Ah, quella donna mi affiderebbe il regno, tanto è soddisfatta delle mie imprese e delle ricchezze che le procuro!»

«Ma anche lei si sta arricchendo…»

«Non lo nego. Tuttavia, prima o poi vorrei mettermi a lavorare per conto mio. Ma cosa vuole, la fedeltà alla regina è più forte dei miei interessi personali… Se facessi le mie scorrerie da solo, sarei un pirata e basta. Assaltando le navi di ignobili spagnoli e presuntuosi francesi per conto di Sua Maestà, invece, sono un nobile cui il regno deve riconoscenza e gratitudine.»

«E i suoi uomini cosa pensano di lei?»

«Mi adorano e mi sono fedeli. Del resto, io li compenso lautamente. Alcuni vorrebbero che consegnassi loro qualche ostaggio catturato insieme alle navi. Per ricavarne un cospicuo riscatto, si capisce. Ma sono ingenui, e non saprebbero praticare bene quest'arte. D'altra parte, non mi sembra opportuno lasciare conti e duchi, principesse e nobildonne in balia di una ciurma avida e incauta.»

«Credo che lei sia una persona molto generosa, sir Drake.»

«Preferisco considerarmi una persona determinata e astuta.»

«Quando pensa di terminare questa sua... attività?»

«Quando la regina deciderà di averne abbastanza. Ho ancora forze ed energia sufficienti per annientare tutti i nemici della Corona. Adesso devo andare: la nave è già pronta, gli ufficiali mi aspettano e gli uomini sono tutti ai loro posti. Si attende solo un mio cenno per levare gli ormeggi.»

«Ha un obiettivo specifico da attaccare?»

«Mi sono giunte voci della presenza di due navi da guerra francesi al largo della Normandia. Io credo invece che si tratti di navi mercantili con preziosi carichi a bordo: intendo assaltarle e... "alleggerirle".»

«E se un giorno l'arrembaggio dovesse andar male?»

«Di sicuro non finirei nelle mani di quei pusillanimi. Saprei cosa fare.»

«Le auguro di avere sempre buona fortuna, sir Drake.»

«Molto gentile, miss Lisa. Non è ancora diventata cortigiana della regina?»

«Purtroppo no, sir Drake.»

«Vedrò di fare quello che posso per accelerare il suo arrivo a corte. Ma sarà dopo l'impresa che mi accingo a compiere. La prego di accogliere gli omaggi di un vero cavaliere, miss Lisa.»

«Ne sono onorata, sir Drake. Lei è un vero gentiluomo. Posso offrirle una cena degna della sua grandezza d'animo?»

«Sono un uomo di mare e ho imparato a nutrirmi con sobrietà. Un cartoccio di *fish and chips* basterà, miss Lisa.»

Lisa è andata a ritirare un cartoccio di pesce e patatine fritte per l'uomo, che sbadigliava probabilmente dalla fame. Quando ha finito di mangiare, si è leccato le labbra, ha salutato Lisa con un inchino, ignorandomi completamente, e si è allontanato in direzione del molo col petto in fuori.

– Pfui! – ha esclamato Lisa quando lo strano tizio è scomparso alla nostra vista.

– Mi spieghi chi era quell'uomo e cosa c'entrava la regina nel vostro discorso? – le ho chiesto.

Dopo avermelo tradotto, Lisa ha detto: – Quell'uomo si chiama Bill Reston, ed è stato uno dei migliori amici di mio padre. E lo sarebbe tuttora, se non avesse perso la ragione cinque anni fa. A un certo punto ha cominciato ad affermare di essere il famoso Francis Drake e si comporta con tutti come se lo fosse. Non fa niente di male, e non costituisce un pericolo per nessuno. Prima che cominciasse a vaneggiare, veniva quasi tutte le sere a casa mia. Per questo mi conosce bene, e ogni volta che mi incontra si ferma volentieri a parlare con me. Io lo assecondo, naturalmente, e i discorsi che facciamo sono quasi sempre gli stessi. Ce l'ha a morte con gli spagnoli e i francesi, che considera nemici giurati della regina, per la quale ha una vera adorazione. Ecco perché ho subito sottolineato che non eri né spagnola né francese, ma italiana.

– Incredibile.

– A volte pretende di salire su una barca di pescatori e andare all'assalto della flotta nemica insieme all'equipaggio. Ma lo conoscono tutti e sanno come regolarsi.

A cena, Lisa ha parlato con i suoi genitori dell'incontro con sir Drake.

– E dire che è sempre stato l'uomo più pratico, posato e razionale che io abbia mai conosciuto – ha sospirato suo padre. – Non si è mai lasciato andare all'immaginazione e alla fantasia, nella sua vita. E ora...

– Ora la sua vita è diventata una fantasia – ha detto Lisa perplessa.

Dartmoor: canzoni, pony e brughiera

Stamattina, davanti alla scuola, ho parlato a Ottilia di sir Drake.

– Spero che oggi capiti anche a noi qualcosa di interessante e di curioso: tanto per animare la trasferta! – mi ha detto.

La nostra meta era il Parco nazionale di Dartmoor. Ci saremmo andati con il pulmino della scuola guidato dal custode. Ben era talmente felice di accompagnarci che saltellava.

– Arriveremo fino a Princetown – ci ha detto Camilla. – Ma appena cominciamo a entrare nel parco, guardatevi attentamente intorno per osservare i boschi, la brughiera, i pony e le pecore.

– Pony e pecore?! – ha esclamato Ottilia.

– Proprio così – ha confermato Camilla. – I pony vivono allo stato brado, e ce ne sono tantissimi.

– *All aboard!* – ha gridato Ben.

Sul pulmino Miriam ci ha chiesto se eravamo soddisfatti delle cose viste fino a quel momento. E noi, naturalmente, le abbiamo risposto di sì.

– Auguriamoci che vada tutto bene fino all'ultimo giorno – ha detto.

– Incrociamo le dita, prof – ha detto Roberto.

A un certo punto, Emma ha proposto: – Perché non cantiamo qualcuna delle nostre canzoni tradizionali per i nostri amici italiani?

– Chi comincia? – le ha chiesto Joseph.

– Comincio io – gli ha risposto Emma.

Si è schiarita rumorosamente la gola e si è messa a cantare una canzoncina che anche noi conoscevamo.

A bear went over the mountain,
A bear went over the mountain,
A bear went over the mountain,
To see what he could see
To see what he could see
To see what he could see

The other side of the mountain,
The other side of the mountain,
The other side of the mountain,
Was all that he could see

Poi è stata la volta di:

London's burning, London's burning.
Fetch the engines, fetch the engines.
Fire fire, fire fire!
Pour on water, pour on water.
London's burning, London's burning...

– *Why don't we sing "Three blind mice" too?* – ha proposto Ben, che si era messo a guidare per i tornanti del parco con molta naturalezza e allegria.

– *Please, mind the way* – gli ha raccomandato Camilla.

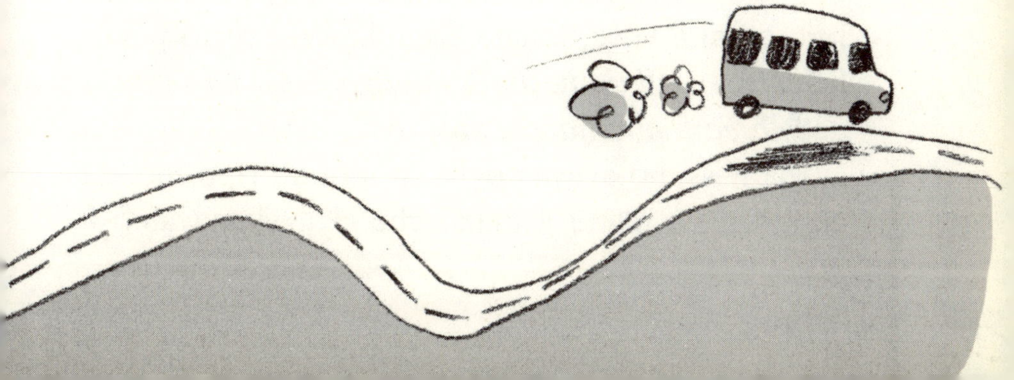

– *Don't worry, miss, don't worry* – le ha risposto l'uomo. – *I've been driving for thirty years now.*

– *Anyway, be very careful.*

– *Let's start singing.*

E si è messo a cantare a squarciagola:

Three blind mice,
Three blind mice,
See how they run,
See how they run.
They all ran after
The farmer's wife,
Who cut off their tails
With a carving knife.
Did you ever see
Such a thing in your life
As three blind mice?

I ragazzi inglesi si sono messi a cantare anche loro ad alta voce, finché Camilla a un certo punto ha detto: – *All right, that's enough. Now let's take a deep breath and have a nice rest.*

Ma nessuno aveva voglia di fare un riposino. Al contrario, a mano a mano che ci avvicinavamo a

Princetown cresceva l'eccitazione. Gli unici che se ne stavano tranquilli al loro posto, senza prendere parte al chiacchiericcio e ai canti, erano Lisa e Douglas. Infatti, anziché sedermi accanto a Lisa, avevo ceduto il posto a Douglas con la scusa che volevo chiacchierare con Irene.

Lisa mi aveva rivolto uno sguardo di simpatia al quale io aveva risposto con un'occhiata di complicità.

Quando sono comparsi un paio di pony alla nostra destra, c'è stato un boato di gioia. Ben ha abbassato il finestrino dal suo lato e ha urlato agli animali: – *Stay away, stay away, naughty boys! Do you want to get run over? Silly beasts!*

Finalmente siamo arrivati a Princetown. Il cielo si era parzialmente annuvolato, e faceva un po' freddo. Così, prima di avviarci, abbiamo bevuto un tè caldo in un bar che si affacciava sulla piazzetta dove Ben aveva parcheggiato il pulmino.

– Le previsioni sono buone – ha detto Camilla. – Io direi di lasciar perdere la visita alla prigione: vorrei che ci godessimo piuttosto il paesaggio della brughiera. Quante volte, da ragazza, sono venuta da Plymouth a Princetown con la bici! Ho attraversato

boschi, zone aride e selvagge, e mi sono fermata ad ascoltare il vento.

Dopo questa rievocazione, Camilla ha scosso la testa e ha detto: – In marcia!

Ben ha detto che rimaneva a guardia del pulmino. In realtà non doveva avere nessuna voglia di camminare!

Dopo appena un quarto d'ora di strada, ci sembrava di essere lontanissimi da ogni segno umano. La brughiera, con i suoi colori rugginosi, grigi e verdi, si stendeva a perdita d'occhio e ci invitava a proseguire come verso l'infinito. Ogni tanto si saliva, ogni tanto si scendeva, ogni tanto si percorreva un tratto di terreno incassato tra le rocce.

Se non parlava nessuno, si poteva sentire il vento, ma anche una serie di voci confuse in cui si mescolavano versi di uccelli, nitriti di pony, brusii di corsi d'acqua nascosti.

A un certo punto abbiamo incontrato davvero una specie di fiumiciattolo, che si poteva guadare facilmente camminando su dei pietroni disposti uno dietro l'altro. Dall'acqua bassa affioravano ciuffi d'erba verde e gialla, e tutt'intorno erano sparsi ciottoli levigati e pietre arrotondate.

– Lo attraversiamo? – ha chiesto Camilla. – O volete solo costeggiarlo?

– Attraversiamolo, attraversiamolo! – abbiamo risposto in coro.

In fila indiana, un pietrone dopo l'altro, siamo approdati sull'altra sponda e abbiamo proseguito il cammino.

Mezz'ora dopo, ci siamo fermati per riposarci.

Un temporale improvviso

– Ah, non ne potevo più! – ha esclamato Ottilia. – Sembra che si possa andare avanti all'infinito. Sarà meglio fermarsi e tornare indietro, non vi pare?

– Io camminerei ancora a lungo – ho detto.

– Che coraggio! Ora mi tolgo le scarpe per far prendere un po' d'aria ai piedi.

I ragazzi si erano sparsi qui e là: chi si era disteso per terra, chi si stiracchiava, chi lanciava una pietra lontano, chi scattava fotografie.

Io guardavo il cielo. Era come impallidito, e il sole faticava a squarciare il velo di nuvole che lo copriva.

– Speriamo che duri... – ha detto Miriam.

Camilla, invece, era più preoccupata.

– Conosco questo cielo – ci ha detto – e penso che

sia meglio tornare indietro. Siamo in una zona in cui non c'è alcun genere di riparo nel caso il tempo si guasti e si metta a piovere. In piedi, ragazzi, si torna al pulmino!

– Così presto? – ha protestato qualcuno.

– Non voglio correre rischi – ha risposto Camilla.

Abbiamo rimesso i nostri zainetti in spalla e abbiamo fatto dietrofront. Mi sono accorta che Lisa parlava fitto fitto con Douglas, rimanendo un po' indietro rispetto agli altri. A un certo punto l'ho vista ridere e mi sono avvicinata a Tazio.

– Ho un po' freddo – gli ho detto.

– Vuoi che ti abbracci? – mi ha proposto.

– Davanti a tutti? Scherzi?

– Allora posso prestarti la mia giacca a vento.

– Grazie, ho già la mia. Cosa ne pensi di questi giorni?

– Mi sta piacendo tutto.

– Però stiamo poco insieme.

– Recupereremo quando torniamo a casa.

– Douglas non ti ha ancora parlato di Lisa?

– No.

– Lisa invece mi parla molto di lui. E mi fa molte domande su di noi.

– E tu le rispondi?

– Sì, perché non abbiamo niente di cui vergognarci, no? Guardali come stanno bene insieme. Quasi come noi due. Com'è Douglas in casa?

– Molto... rigido. Secondo me c'è troppo ordine in quella casa: quando ti muovi e quando parli, hai sempre paura di rompere qualcosa o di dire una parola che sarebbe disapprovata.

Un colpo di vento improvviso mi ha fatta rabbrividire e ho alzato d'istinto gli occhi al cielo. Adesso era diventato più grigio e il sole si distingueva appena.

– Quanto manca al fiume? – ha chiesto Miriam a Camilla.

– Almeno un quarto d'ora – le ha risposto Camilla. – Sarà meglio allungare il passo. Ho paura che...

Ma non ha finito di parlare, che sul naso le è caduto un gocciolone d'acqua. Poi i goccioloni sono aumentati, e nel giro di un paio di minuti si è messo a piovere a dirotto.

– Non ci voleva proprio! – ha esclamato Camilla. – Ragazzi, mettetevi i cappucci e affrettate il passo!

Ma non era semplice camminare più velocemente: anche se il terreno non si trasformava in fango, era abbastanza molle da rallentare i nostri passi. E poi la vista cominciava ad annebbiarsi, perché la pioggia si faceva sempre più fitta e violenta.

Il cielo era quasi nero, e ho cominciato ad avere un po' di paura. Se si fosse messo a tuonare e a lampeggiare, credo che qualcuno sarebbe stato preso dal panico.

Lisa mi ha raggiunta e mi ha detto: – Valentina, sono un po' spaventata.

– Anch'io, ma non possiamo far altro che correre. Qui non c'è nulla sotto cui poterci riparare.

– Stammi vicina.

– Dammi la mano, su. E Douglas?

– È dietro di noi.

Quando la pioggia si è trasformata in diluvio, qualcuno si è messo a gridare per vincere il frastuono degli scrosci d'acqua che il vento ci scagliava addosso. Piano piano, però, la pioggia è diminuita d'intensità ed è diventata più regolare.

– Forse smette – ho detto a Lisa, che tremava e mi stringeva forte la mano.

– Tra poco arriveremo al fiume – ha balbettato.

– Meno male.

– Quando piove i fiumi ingrossano, Valentina. Hai

visto quanta pioggia è caduta e quanta continua a caderne?

Le parole di Lisa mi hanno colpita come una rivelazione improvvisa.

Quasi subito ho cominciato a sentire un rumore violento e tumultuoso: ho immaginato che stesse per arrivare un nuovo diluvio ma, quando ho alzato lo sguardo al cielo, ho visto che per fortuna le nuvole si stavano diradando.

Il rumore non era causato dalla pioggia, ma dalle acque del fiume. L'ho capito appena Camilla ha gridato: – Oh, no!

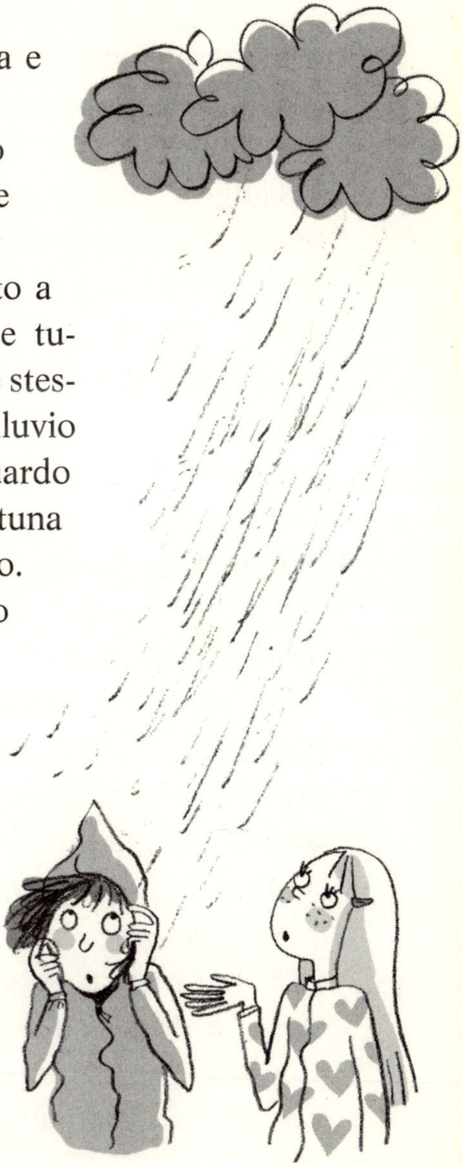

A un centinaio di metri davanti a noi, quello che prima era un esile fiumiciattolo si era trasformato in una specie di torrente impetuoso. I pietroni sui quali lo avevamo attraversato affioravano solo di una quindicina di centimetri dall'acqua.

– Dobbiamo... dobbiamo attraversarlo – ha detto Camilla. – Sta arrivando dell'altra pioggia da ovest.

Io ho guardato con preoccupazione le pietre bagnate e scivolose, mentre Lisa aveva gli occhi sbarrati.

– Non ce la faccio... – mi ha detto in un tono piagnucoloso.

Camilla ci ha incoraggiati: – Ragazzi, niente paura. Passo io per prima e vi aspetto sulla riva opposta. Miriam chiuderà la fila. Sono solo pochi metri, faremo tutto velocemente. Su, non perdiamo tempo. Andrà tutto bene.

La sua voce non aveva la stessa sicurezza delle parole. Quando però sulla riva sono apparsi, spuntando da un velo di nebbia, due ragazzi con stivaloni e giubbotti pesanti, Camilla ha sospirato e ha urlato: – *Would you help us, please?*

– *Of course!*

I due ragazzi sono entrati nell'acqua e si sono messi al centro del fiume, a uguale distanza dalle due rive, per accompagnare il nostro passaggio e afferrare chi eventualmente fosse scivolato.

Uno alla volta, abbiamo cominciato a passare.

– Andiamo, Lisa – ho detto alla mia amica.

– No... attraversiamo per ultime.

– È meglio attraversare per prime.

– Non posso... non posso...

La pioggia continuava a venire giù con cadenza regolare e io mi sentivo fradicia fino alle ossa. Lisa tremava e mi trasmetteva la sua ansia. Intanto guardavo l'acqua del fiume, torbida e grigia, diventare sempre più tumultuosa. I nostri compagni si trovavano già quasi tutti sulla riva opposta, e al di qua del fiume eravamo rimasti solo io, Lisa, Tazio, Douglas e Miriam.

– *Come on, come on* – diceva Douglas a Lisa.

Ma Lisa si nascondeva dietro di me e faceva di no con la testa.

– Andate, andate – ha detto Miriam a Tazio e a Douglas, che alla fine si sono decisi ad attraversare anche loro.

– Avanti, Lisa, ti aiuto io – ha detto Miriam. – E ci saranno i ragazzi a sostenerti al centro del fiume.

– Dai, Lisa, provaci – l'ho esortata, anche se avevo la sua stessa paura.

Lisa, con gli occhi spalancati, ha fatto un passo

avanti e ha posato un piede sulla prima pietra, mentre io dalla riva le stringevo una mano. Dalla pietra davanti a lei, Miriam le stringeva l'altra.

– Adesso io mi sposto e tu metti il piede sulla prossima pietra – l'ha incoraggiata Miriam. – Lui ti afferra alla vita se vacilli, e Valentina è dietro di te.

Ma Lisa sembrava letteralmente paralizzata e non ascoltava le parole di Miriam.

A un certo punto abbiamo sentito un'esplosione a monte del corso d'acqua e ci siamo girate a guardare.

Alcune centinaia di metri più su, il fiume si era gonfiato e sollevato come quando supera gli argini di una diga e precipita a valle. Stava per arrivare una massa d'acqua che avrebbe travolto tutto ciò che trovava sul suo cammino.

Lisa è risaltata sulla riva accanto a me e i due ragazzi hanno urlato a Miriam, che era con loro in mezzo al fiume, di guadagnare velocemente la riva opposta.

Io e Lisa siamo corse lontano, mentre l'acqua arrivava con un boato e rimaneva a stento nel letto del fiume.

– *Stay there, stay there!* – ci ha gridato Camilla.

Ma i ragazzi hanno urlato: – *Run farther down, run farther down! There is a stone bridge you can safely cross!*

– Cos'hanno detto? – ho chiesto precipitosamente a Lisa. – Non ho capito!

– Dicono che c'è... un ponte di pietra più giù...

– Dai, vieni, allora!

Sull'altra riva, i nostri compagni hanno cominciato a correre anche loro lungo il fiume, per raggiungere il ponte dalla parte opposta. La pioggia era cessata, il cielo si stava aprendo e un timido raggio di sole rendeva meno terrificante l'acqua che ruggiva al nostro fianco. Abbiamo camminato per alcune centinaia di metri prima di intravedere il ponte. Era piccolo, ma sembrava solido, anche se mancava poco a che l'acqua lo ricoprisse.

– Dammi la mano e chiudi gli occhi – ho detto a Lisa. – Attraverseremo fianco a fianco.

Ma intanto erano arrivati anche i due ragazzi. Hanno attraversato il ponte e ci sono venuti incontro: uno ha preso Lisa fra le braccia, io ho dato la mano all'altro.

Quando siamo arrivati sull'altra riva, siamo stati accolti dalle grida di sollievo dei nostri compagni.

Camilla ha stretto Lisa, Miriam ha stretto me.

– *All's well that ends well* – ha detto ridendo uno dei ragazzi.

– *Thank you, thank you* – ripeteva Camilla.

I due si sono allontanati in un'altra direzione con i loro sacchi a pelo e si sono messi a fischiettare *Scotland the Brave*, una canzone scozzese che avevamo imparato con Miriam.

E con questa canzone nelle orecchie, che mi ha riportato alla mente la mia scuola e la mia Torino, siamo rientrati a Princetown.

Quando Ben ci ha visti arrivare zuppi e infangati, ci è corso incontro e ha esclamato: – *What can I do for you?*

– *Nothing* – gli ha risposto Camilla. – *We only need to dry ourselves a bit and to drink something warm.*

Ad asciugarci e a farci bere qualcosa di caldo ha pensato la padrona del caffè, che ci ha offerto asciugamani e tè.

– *My poor chickens* – ha ripetuto mentre strofinava i capelli delle ragazze. – *You are safe and sound anyway, and that's what counts.*

Eh sì, eravamo sani e salvi. Ma la paura era stata tanta, e anche l'imbarazzo.

Lisa, infatti, teneva la testa bassa e non osava guardare i suoi compagni, per paura di scorgere derisione nei loro occhi.

Ma nessuno pensava a prenderla in giro.

– Mi sono comportata come una bambina piccola – mi ha detto mentre bevevamo il nostro tè. – Ma ero terrorizzata e non riuscivo a ragionare con lucidità.

– Ero impaurita quanto te – le ho detto. – Io soffro di vertigini.

– Davvero?

– Sì.

– Meno male che è finita bene! Se non ci fossero stati quei due ragazzi...

Camilla ha chiesto a Ben di mettere in moto il pulmino e di riportarci a scuola.

– Prima ci cambiamo, meglio è – ha detto.

Qualcuno di noi ha starnutito, e io mi sono augurata di non prendere il raffreddore. Non volevo passare in casa o a letto i giorni che restavano prima di tornare in Italia.

Sul pulmino Lisa si è seduta accanto a Douglas e io ho preso posto accanto a Tazio.

– Come stai? – mi ha chiesto.

– Mi sento uno straccio – gli ho risposto.

Ma non ero del tutto dispiaciuta di com'era andata la nostra gita: avevo conosciuto il volto tranquillo e quello pericoloso della brughiera, ed ero contenta di portarmi dentro quella nuova esperienza.

Zia Ellen e la Cornovaglia, notte a Polperro

Appena scesi dal pulmino, abbiamo trovato ad aspettarci i genitori dei nostri amici inglesi. Siamo saliti sulle auto e siamo andati a cambiarci in tutta fretta.

La mamma di Lisa aveva riempito la vasca di acqua calda, e Lisa e io ci siamo entrate contemporaneamente.

– Che sollievo! – ho sospirato, aspirando il profumo dei sali che la madre di Lisa aveva sciolto nell'acqua.

– Secondo te devo dire alla mamma della mia disavventura? – mi ha chiesto Lisa.

– Non è necessario, almeno per il momento. È meglio non dare troppe preoccupazioni a una donna incinta. Gliene parlerai con calma in un'altra occasione, se capiterà.

– Più tardi arriverà zia Ellen. Come ti ho detto, stasera vorrebbe averci sue ospiti. Te la senti di andarci? Non sei sfinita?

– No, questo bagno mi sta rimettendo in sesto.

– Anch'io sto molto meglio.

Ci siamo avvolte ciascuna in un accappatoio e siamo andate ad asciugarci nella nostra camera.

Verso le quattro è arrivata la zia di Lisa, ed è stato come se un ciclone fosse entrato dalla porta.

– *Here I am! Here I am! Everybody home?*

Quando sono entrata nel soggiorno, mi sono trovata davanti una donna robusta e sorridente.

– *Auntie Ellen!* – ha gridato Lisa.

La zia l'ha abbracciata e l'ha quasi sollevata da terra.

– *You naughty girl* – le ha detto. – *It's been a long long time since I last saw you. Do you still love me?*

– *Of course, auntie.*

Lisa le ha assicurato più volte che lei era la sua zia preferita, che le voleva un gran bene e infine mi ha presentato.

– *My italian friend Valentina.*

– *Pleased to meet you, Valentina. Very pleased indeed* – mi ha salutata la donna stringendomi la mano. – *Would you like to be my guest tonight with Lisa?*

Le ho risposto che mi sarebbe piaciuto senz'altro essere sua ospite e che non vedevo l'ora di visitare la sua casa e Polperro.

– *Polperro is the most beautiful village in Cornwall* – ha detto. – *I've been living there since I was born. And I have many friends.*

La zia di Lisa ha bevuto una tazza di tè, mangiato alcuni biscotti e poi è schizzata in piedi come una molla dicendo: – *Let's go, girls.*

Era venuta in macchina, un vecchio maggiolone color giallo paglierino. Lisa si è seduta sul sedile posteriore, io su quello davanti e zia Ellen è sprofondata al suo posto di guida, ricordandoci di allacciare le cinture di sicurezza.

Ho capito subito che la zia di Lisa era un'abile guidatrice. Quando ha imboccato il Saltash Bridge, il ponte sul fiume Tamar che collega il Devon alla Cornovaglia correndo parallelo al ponte ferroviario, si è messa a canticchiare e a battere con le dita sul volante.

Ma quando si è immessa sulla statale, ho avuto un tuffo al cuore. A un certo punto, infatti, ho visto che stava per superare a destra un'altra auto. E ho gridato: – No, attenta!

La zia è prontamente rientrata in corsia, ha rallentato e mi ha chiesto: – *What's wrong with you, Valentina?*

– Stava... stava superando a destra – ho balbettato.

Lisa si è messa a ridere e mi ha detto: – Valentina, non ti sei ancora accorta che in Gran Bretagna la guida è a sinistra e che la zia deve per forza sorpassare a destra?

– Ah, già, è vero. Che sciocca. Mi scusi, signora.

Lisa ha tradotto e la zia è scoppiata a ridere.

– *Oh, that's why you shouted! All right, never mind.*

La Cornovaglia, che si apriva davanti ai miei occhi, era proprio come Lisa me l'aveva descritta: i dolci pendii, i vasti campi, le alte siepi che bloccano la forza del vento e gli alberi che, nelle strade più strette, intrecciano le loro chiome formando tunnel ombrosi...

– Con una bici a disposizione – ho detto – si possono fare delle bellissime passeggiate.

– La zia conosce molto bene questa terra – mi ha

spiegato Lisa. – Inoltre è una grande lettrice e possiede tutti i libri ambientati in questa contea. Ama in particolare le storie di Daphne du Maurier e ha visitato tutti i luoghi di cui la scrittrice parla nei suoi libri. La Cornovaglia è una terra di misteri e di leggende, ogni angolo è pieno di suggestioni e di memorie. Ma è anche una terra dove in passato la gente si è guadagnata a fatica la possibilità di sopravvivere.

La zia doveva aver intuito qualcosa di ciò che Lisa mi stava raccontando, perché la guardava nello specchietto retrovisore e annuiva.

Quando stavamo per imboccare la strada che entrava a Polperro, zia Ellen ha detto: – *We are nearly there.*

Dalla statale abbiamo preso una strada più stretta, fino a infilarci in una via che terminava sul porto, accanto a una tettoia. Il cielo era tornato sereno, e la furia del vento e dell'acqua a Dartmoor sembrava un incubo del passato.

Il porticciolo era pieno di barche una di fianco all'altra, le case erano raggruppate ai piedi di pendii boscosi e dalle finestre che davano direttamente sul mare erano affacciate ragazze che volgevano il viso agli ultimi raggi del sole.

PL333

– È bellissimo – ho mormorato.

La zia di Lisa mi ha osservata in silenzio, compiaciuta della mia meraviglia, e mi ha fatto una lieve carezza sulla testa.

– *Follow me, please.*

Dopo aver parcheggiato la macchina, l'abbiamo seguita lungo una scala esterna, che aveva un vaso di fiori al margine di ogni gradino e terminava su un pianerottolo protetto da una piccola tettoia.

– *My sweet home* – ha detto zia Ellen.

Nell'ingresso tutti i mobili erano in legno e le pareti coperte di quadri che raffiguravano diversi luoghi della Cornovaglia.

La zia mi ha mostrato la sua camera e quella degli ospiti. I letti erano in ferro battuto e il suo aveva il baldacchino!

– *Surprised?* – mi ha chiesto.

– *A bit* – ho risposto.

– *I love it. When I go to bed, I want to feel like a queen.*

Le finestre con le persiane avevano tutte delle tende finemente ricamate.

– Queste tende le ha fatte la zia – mi ha detto Lisa. – È una sarta bravissima. Cuce per sé e per molte delle famiglie di Polperro. E c'è un'altra cosa nella quale non ha rivali... *Auntie Ellen* – ha chiesto rivolta alla zia – *why don't you show us some of your doll dresses?*

– *I've just finished one I'm very proud of.*

– La zia – mi ha spiegato Lisa – confeziona abiti per bambole. Realizza soprattutto dei modelli usati ai tempi della regina Vittoria. La maggior parte li tiene per sé, alcuni li regala alle sue amiche del cuore o a qualche museo.

Lisa mi ha fatta sedere su un divano coperto di raso rosso e abbiamo atteso che zia Ellen uscisse dalla sua stanza. Quando si è seduta tra noi due, ha mostrato due vestiti per bambole che mi hanno lasciata a bocca aperta.

– *Touch them!* – mi ha invitata.

Ma io non osavo sfiorare nemmeno con la punta delle dita quei vestiti delicati e trasparenti che erano tutti trine e merletti. La stoffa delle giacche, di velluto nero marezzato, era morbida come la pelle di un neonato.

– Che meraviglia! – ho esclamato.

– *They are wonderful, aren't they?* – mi ha chiesto la zia di Lisa.

– *Yes, they are* – ho confermato.

Lisa ha detto alla zia che voleva farmi visitare Polperro prima di cena e mi ha portata fuori.

Stava calando il crepuscolo e, mentre passeggiavamo accanto al piccolo molo, da una barca ormeggiata un uomo ha chiamato Lisa.

– *Hello, Lisa.*

– *Hello, Charles.*

– *I haven't seen you for ages. How are you?*

– *I'm fine, thank you.*

– *What about a ride in my boat?*

– *We haven't much time.*

– *Just outside the harbour.*

– *Wait, I'll ask my italian friend.*

– È Charles – mi ha spiegato Lisa. – Per anni ha cercato di farsi sposare dalla zia, ma inutilmente. Tuttavia non ha ancora perso le speranze. È stato bibliotecario prima di ritirarsi a Polperro. Mi ha chiesto se ho voglia di fare un giro in barca fuori dal porto. Gli ho detto che è tardi, ma se ti va...

– Mi piacerebbe tanto.

– Allora gli dico di sì.

Lisa si è sporta in avanti e ha detto all'uomo: – *All right, Charles.*

L'uomo ha accostato la barca e ha aiutato a salire prima Lisa, poi me. Quindi ha raddrizzato la prua ed è uscito dal porto manovrando con sicurezza nello stretto passaggio che immetteva prima nell'insenatura e poi in mare aperto. Ma non siamo andati oltre gli scogli: Charles voleva solo mostrarci il tramonto sul mare.

– È il momento più bello della giornata – ha sospirato. – Vengo sempre a guardare il tramonto, quando mi sento triste. Come sta tua zia?

– È sempre attiva e allegra – gli ha risposto Lisa.

– Lo so, e la invidio. Vorrei portarle un libro che ho trovato in una libreria antiquaria di Londra. Pensi che potrei fare un salto da lei, questa sera?

– Non credo che abbia impegni particolari. Ci siamo solo noi tre.

– Puoi anticiparglielo?

– Lo farò.

– Grazie, Lisa.

Poco dopo Charles è rientrato nel porto e ha lasciato me e Lisa nel punto dove ci aveva fatte salire sulla barca.

Mentre la sera calava sul villaggio, la mia amica mi ha fatto percorrere alcune stradine caratteristiche e si è soffermata con me davanti alla Shell House. Mi ha spiegato che la facciata esterna di questa casa era stata decorata da un marinaio in pensione con tutte le conchiglie che aveva raccolto nel corso di una vita intorno al mondo. Le conchiglie, combinate insieme, rappresentavano stelle marine, barche e persino fari. Accanto, sempre con conchiglie, era scritto *Eddystone lighthouse*.

– Ne ha avuta di pazienza! – ho esclamato.

– Se ne ha sempre quando si crede di fare qualcosa di bello per sé e per gli altri. Lui non c'è più, ma la casa continua a vivere con le sue fantasie e i suoi ricordi.

Tornate dalla zia, abbiamo trovato la tavola già apparecchiata.

– Preferisco mangiare presto – ha detto. – Così dopo cena posso leggere e lavorare un po'. Ma questa sera voglio dedicarla a Lisa e alla sua amica italiana.

– Penso che dovrai dedicarla anche a qualcun altro, zia – le ha detto Lisa. – Ho parlato con Charles: gli piacerebbe fare un salto qui più tardi per darti un libro che ha trovato a Londra.

– Tu cosa gli hai risposto?

– Che te l'avrei detto e che pensavo non ci sarebbero stati problemi, visto che c'eravamo solo noi tre in casa. Ho fatto male?

– No. Lo rivedo volentieri, Charles, soprattutto se viene con un libro.

– È simpatico, vero?

– Sì.

– Ma non tanto da farsi sposare da te.

– Ma che dici, Lisa?

– Come mai hai deciso di non sposarti, zia?

– Perché non mi entusiasma l'idea di dovermi occupare di un'altra persona.

– Potrebbe essere un'occupazione piacevole.

– Non essere impertinente, nipotina. Charles ha la mia amicizia; mi sembra che non si possa desiderare di più.

Poi zia Ellen si è rivolta a me: – Hai mai mangiato del *cornish pasty*,Valentina?

– È la prima volta che ne sento parlare.

– Adesso l'assaggerai e mi dirai cosa ne pensi.

La zia ha portato in tavola quella che sembrava una sfoglia ripiena a forma di mezzaluna.

Lisa, che traduceva il dialogo tra me e zia Ellen, mi ha detto: – Dentro dovrebbero esserci carne d'agnello, patate, carote e cipolle. La zia però non ama la carne e si diverte a cambiare il ripieno a suo piacere. A volte prepara un ripieno dolce davvero delizioso.

Ed era proprio questo che aveva preparato per noi.

– *Do you like it?* – mi ha chiesto la zia vedendomi mangiare con gusto.

– *Very much* – le ho risposto con la bocca piena.

Dopo cena zia Ellen ci ha mostrato altri vestiti di bambole.

Quando abbiamo sentito dei passi lungo la scala esterna, Lisa ha detto: – Dev'essere Charles. Noi andiamo nella nostra camera, zia.

La zia ha sospirato e ha detto: – Apprezzo la tua discrezione.

Prima di "defilarci", abbiamo salutato Charles.

– Grazie per la gita in barca – gli ho detto.

– Sono contento che l'abbiate gradita.

La zia ha fatto accomodare Charles sul divano e ha atteso di vedere il libro che le aveva portato.

– Io parteggio per lui – mi ha bisbigliato Lisa. – Secondo me è l'uomo giusto per la zia. Sarebbe davvero un ottimo compagno: è colto, curioso, rispettoso. Ma forse è troppo tardi.

Io e Lisa abbiamo chiacchierato a lungo prima di addormentarci e, mentre stavo per chiudere gli occhi, ho sentito distintamente zia Ellen che diceva a Charles: – *I'm sure I'll love it. Good night, Charles.*

– Good night, Ellen. Shall I see you again soon?

– Why not?

Pioggia, esibizioni, confidenze

Il tempo è cambiato di nuovo. Me ne sono accorta appena ho aperto gli occhi: dalla finestra entrava una luce grigia e nell'aria c'era un sentore di umidità. Lisa dormiva ancora profondamente e faceva dei piccoli rumori con la bocca, come se stesse sognando di mangiare una torta.

– *Good morning, Valentina* – mi ha detto aprendo all'improvviso gli occhi.

– *Good morning, Lisa.* Il tempo è brutto – ho aggiunto dopo aver scostato la tendina della finestra.

– *Bad luck.*

– Credo che stia addirittura per piovere. Cosa c'era in programma stamattina?

– Un altro giro nel centro di Plymouth, mi pare.

Zia Ellen è venuta a bussare delicatamente alla porta.

– *I suppose you are awake already* – ha detto. – *Anyway, breakfast is ready.*

Non avevo mai visto tante varietà di marmellata tutte insieme!

– Un'altra specialità della zia – mi ha spiegato Lisa. – Un po' le fa lei, un po' le compra in un negozio specializzato in prodotti naturali.

– Ha davvero tante virtù, tua zia Ellen!

– È che può organizzare il suo tempo come vuole. Sarà anche per questo che non si decide a sposare Charles. Tu ti sposerai un giorno, Valentina?

– Credo di sì. E spero di riuscire a fare lo stesso tutto quello che desidero.

– Ho osservato attentamente Tazio. Oltre a essere molto carino, è sempre premuroso con te. Sono sicura che sarà un buon marito.

– Forse corri troppo, Lisa.

– Pensi di cambiare idea, in futuro?

– No, ma...

– *All right. Let's not talk about this, now.* Adesso pensiamo a fare onore alle marmellate della zia!

Zia Ellen ha preparato anche delle fette di pane tostato, ha messo in tavola del miele di acacia e del miele di castagno, succhi di mirtillo e di prugna e macedonia di frutta di stagione.

– Una vera dieta mediterranea in Cornovaglia! – ho esclamato.

– *I love Italy* – mi ha detto zia Ellen. – *But I love more my Cornwall.*

– Sono già le sette e mezzo – ha detto Lisa. – L'appuntamento davanti alla scuola è per le nove. Faremo in tempo, zia?

– *Sure, sure.*

Appena l'auto si è immessa sulla statale, è cominciato a piovere.

– Peccato – ho sospirato.

– *It might change later* – ha detto zia Ellen.

– Secondo me non cambia – ha detto Lisa.

In effetti la pioggia si è andata infittendo, e zia Ellen ha azionato i tergicristalli alla massima velocità.

Ho pensato che questo era il primo addio del mio viaggio in Inghilterra.

Lasciare la Cornovaglia con la pioggia mi ha rattristata un po'. Ma osservando i campi e le colline, gli alberi e le siepi velati dalla foschia, ho anche pensato che la Cornovaglia mi stava offrendo semplicemente un'altra immagine di sé. Ogni luogo ha diversi volti, ed è bello conoscerli tutti. È come la vita, che ha le sue stagioni al pari della terra. La terra ha la primavera, l'estate, l'autunno e l'inverno; la vita ha l'infanzia, la giovinezza, la maturità e la vecchiaia.

Abbiamo riattraversato il Saltash Bridge e siamo arrivate davanti alla scuola alle nove e dieci minuti. I nostri compagni erano già dentro.

Zia Ellen mi ha abbracciata dicendomi: – *I hope to see you again, Valentina.*

– Anch'io – le ho detto.

Zia Ellen ha stretto a lungo Lisa e le ha chiesto di salutarle la mamma da parte sua.

– Ricordale che voglio cucirli io i vestitini per il bambino che nascerà – ha detto. – Ormai non mancano molti mesi e bisogna che cominci a pensarci subito. *See you soon, my dear.*

Io e Lisa siamo entrate a scuola di corsa, mentre la pioggia continuava a venir giù da un cielo sempre più grigio.

– Pensavamo che non veniste più! – mi ha detto Ottilia.

– Abbiamo tardato solo di qualche minuto. Che cosa si fa?

– Si resta a scuola.

– A far che?

– Adesso ce lo diranno.

Miriam ci ha radunati nella classe di Camilla.

– Approfitteremo di questa giornata di pioggia per assistere allo svolgimento di alcune attività nei laboratori della scuola. Perciò ci divideremo in gruppi.

Nel mio gruppo sono finiti Tazio, Irene e Gianni, Ottilia e Rinaldo in un altro.

Per prima cosa, abbiamo partecipato a una lezione di musica. Un insegnante di piano ha distribuito dei libretti che contenevano i testi e la musica di alcune canzoni del folclore inglese e scozzese.

C'era anche *Scotland the Brave*, il motivo fischiettato dai due ragazzi che ci avevano aiutati a Dartmoor.

Prima di suonarlo al pianoforte e chiedere ai ragazzi di cantarlo, l'insegnante ha detto: – *Everybody stand up* – come se si accingessero a cantare un inno nazionale in un'occasione speciale.

I ragazzi inglesi si sono alzati in piedi e anche noi abbiamo fatto lo stesso.

– *Are you ready?*

– *Yes we are, sir.*

L'uomo si è stretto il nodo della cravatta, si è guardato la punta delle dita e ha cominciato a suonare. I ragazzi lo hanno seguito a tempo e io mi sono messa a scorrere con le dita il testo della canzone:

Hark when the night is falling,
Hear! Hear the pipes are calling,
Loudly and proudly calling,
Down thro' the glen.
There where the hills are sleeping,
Now feel the blood a-leaping,
High as the spirits of the old Highland men.

Towering in gallant fame,
Scotland my mountain hame,
High may your proud standards gloriously wave,
Land of my high endeavour,

Land of the shining river,
Land of my heart for ever,
Scotland the brave.

I ragazzi la cantavano con trasporto e la loro voce era chiara e pulita.

Poi è stata la volta di altre canzoni popolari. E per concludere, Lisa ha suonato al flauto *Greensleeves*, mentre i suoi compagni cantavano a bassa voce. La malinconia della musica mi ha davvero commossa e l'ho ascoltata con più emozione delle altre.

Alas, my love you do me wrong
To cast me off discourteously
And I have loved you so long
Delighting in your company.

Greensleeves was my delight
Greensleeves was my heart of gold
Greensleeves was all my joy
And who but my Lady Greensleeves.

– Non sapevo che fossi così brava a suonare il flauto! – ho detto a Lisa alla fine della sua esibizione.

– Ho imparato a suonarlo fin da piccola e ne sono affascinata.

– Anche noi studiamo musica con un bravo musicista.

– Il nostro pianista si chiama Leonard ed è scozzese.

– Sembra che siamo destinati a incontrare sempre scozzesi sulla nostra strada! – ho esclamato ridendo.

– Insegna musica nella nostra scuola da tre anni e tiene concerti anche nei teatri di Plymouth. È abbastanza famoso dalle nostre parti.

Al termine della lezione di musica, siamo andati ad assistere alle attività che si svolgono in un laboratorio di falegnameria. C'erano dei tavoloni con morse, seghe, lime, raspe, pialle, scalpelli, chiodi, colla, cacciaviti... I ragazzi avevano progettato e realizzato molti oggetti: erano già pronti un mulino a vento, una barca a vela, una torre a spirale, una carrozza a cavalli.

Joseph era il più impegnato di tutti: limava con cura il suo pezzo di legno, avvicinando la faccia alla morsa. Ogni tanto si toglieva gli occhiali, ripuliva le lenti con un panno e riprendeva il lavoro.

– *That's really good work, Joseph* – gli ha detto a un certo punto l'insegnante.

– *Thank you, sir* – lo ha ringraziato Joseph.

Ho sempre ammirato chi riesce a realizzare con le sue mani degli oggetti in legno. Il legno, anche quando è duro, si lascia lavorare con pazienza e prende la forma che vogliono dargli le tue idee e i tuoi desideri.

– Peccato che da noi non esista un laboratorio del genere – ho detto a Tazio. – Io sarei la prima a frequentarlo.

– Sei una ragazza...

– E allora? Una raspa e una lima so tenerle in mano anch'io!

Poi siamo passati in una grande sala con il pavimento in parquet. Era il laboratorio di danza ed era frequentato solo da ragazze. L'insegnante, in tuta da ginnastica, dava le indicazioni e le ragazze, in tuta anche loro, eseguivano figure e volute.

– Qui non vogliamo formare danzatrici professioniste – ci ha spiegato l'insegnante. – Vogliamo solo che le ragazze imparino a conoscere meglio il loro corpo e a rispettarne le esigenze.

Infine siamo entrati in un laboratorio di informatica, dove erano accesi dieci computer: davanti a ciascuno erano seduti due studenti.

I computer avevano la connessione a internet e a un certo punto ho detto a Lisa: – Mi piacerebbe farti vedere dove abito con l'aiuto di un satellite.

– Chiedo il permesso a Camilla.

La prof gliel'ha accordato, così mi sono seduta con Lisa davanti a un computer: quasi subito, di fronte ai nostri occhi, si è materializzato in tre dimensioni il mio quartiere.

– Ecco casa mia! – ho esclamato con eccitazione. E ho cercato di ingrandirla il più possibile. – Così cominci a fartene un'idea – ho detto a Lisa. – Vedi? Questo è corso Giulio Cesare, questa è piazza Derna...

Verso mezzogiorno, il cielo è tornato azzurro. Dopo pranzo siamo usciti tutti in cortile. Ottilia, però, non c'era.

– Qualcuno l'ha vista? – ho chiesto ai miei amici.

L'abbiamo cercata in ogni angolo del cortile, ma non riuscivamo a trovarla.

– Dove è andata finire? Non sarà mica uscita da scuola!

– Che assurdità! E dove sarebbe andata?

Ci siamo spinti fino all'orto della scuola e finalmente l'abbiamo vista uscire, in compagnia di Rinaldo, da dietro un capanno di attrezzi.

– Ah, siete qui? – ci ha detto, come se fosse stata lei a cercare noi e non noi a cercare lei. – Davvero bello quest'orto.

Rinaldo è arrossito e si è piegato per allacciarsi una scarpa che però era già allacciata.

Mentre gli altri si sparpagliavano per il cortile, Ottilia mi ha presa sottobraccio e mi ha detto: – Pensi che gli altri abbiano capito?

– Che cosa dovevano capire, Otti?

– Che io e Rinaldo volevamo stare un po' da soli.

– Ah sì? – ho detto fingendomi sorpresa.

– In questi giorni siamo stati sempre lontani oppure con agli altri... Volevamo regalarci un piccolo momento insieme.

– Avete fatto bene. Non preoccuparti, non ci ha fatto caso nessuno. Vorrei stare anch'io un po' con Tazio,

così come Irene vorrebbe stare con Gianni. Comunque, ormai non ci resta molto tempo, purtroppo.

– Non farmi pensare al viaggio di ritorno, Valentina! Mi sento già stanca.

– Vieni, andiamo a chiedere a Miriam che cosa hanno previsto per domani.

Miriam stava chiacchierando con Camilla. Ogni tanto scoppiavano a ridere e facevano la faccia stupita, come davanti a una confessione incredibile.

– Mi dispiace disturbarla, prof – le ho detto. – Vorrei chiederle dove andremo domani.

Mi ha risposto Camilla, nel suo italiano perfetto: – Domani tu e i tuoi compagni sarete liberi di girare per Plymouth. Avrete tutta la mattinata a vostra disposizione per rilassarvi e per fare eventuali acquisti da portare a casa. La scuola vi preparerà un pranzo al sacco, e verso le tre ci vedremo davanti al Barbican Theatre.

– Quello in Castle Street?

– Lo conosci già?

– Ci sono passata davanti con Lisa. Non è molto lontano da casa sua.

– Ah, già.

– Perché l'appuntamento è davanti al teatro?

– Non c'è una ragione speciale.

La risposta di Camilla, però, mi è sembrata poco convincente. Mentre rispondeva alla mia ultima domanda, infatti, ha guardato Miriam con un'aria di intesa che non mi è sfuggita, ma alla quale non ho saputo attribuire un significato.

Sono tornata con Ottilia dagli altri e non ci ho più pensato.

Stasera Lisa era particolarmente su di giri. Parlottava con sua madre a bassa voce, entrava e usciva dalla cucina e, a un certo punto, ho sentito che diceva: – *I hope she will enjoy it.*

Che cosa sperava mi piacesse? Infatti ho immaginato che si riferissero a me. Stavano per darmi un regalino? Avrebbero voluto farmi vedere qualcosa di originale?

Naturalmente non ho chiesto nulla a Lisa e, in un certo senso, mi sono goduta la sua frenesia e la sua eccitazione, anche se non vedevo l'ora di prendervi parte anch'io.

Dopo cena, siamo uscite a fare un giro per il Barbican. Passando davanti al teatro, ho chiesto a Lisa: – È qui che dobbiamo vederci domani pomeriggio?

– Mi sembra di sì – ha risposto in tono vago.

– Camilla è stata molto precisa.

– Allora è sicuramente qui.

– Mi piacerebbe vedere il teatro anche dall'interno. Tu ci sei mai stata?

– Qualche volta.

– E cosa hai visto?

– Delle opere di Shakespeare.

Lisa si è diretta verso il molo e abbiamo guardato a lungo il mare punteggiato dalle pozze luminose delle lanterne accese sulle imbarcazioni.

– Non vedo l'ora che nasca il mio fratellino! – ha esclamato a un certo punto Lisa. – E spero che mia madre non abbia problemi a farlo nascere... Sono passati tanti anni da quando ha messo al mondo me!

– Non ha certo disimparato come si fa! – ho detto io ridendo.

– Tu parli con tua mamma delle cose che riguardano le ragazze e le donne?

– Quando ho delle curiosità particolari, non ho nessuna difficoltà a farle delle domande. Ma devo dire che in molti casi preferisco rivolgermi a zia Elsa: è come se mi sentissi più libera e spontanea con lei.

– Io, finora, con la mamma ho parlato poco. Ma da

quando aspetta questo figlio, chiacchieriamo di più. È come se non mi considerasse più una bambina con cui essere cauta e discreta. Perciò parliamo d'amore, di come si concepisce un bambino, di come sono le relazioni tra due persone che si vogliono bene...

– Io ne parlo anche con Ottilia e con mia sorella Irene. E se fossimo vicine, ne parlerei anche con te. Sono davvero felice di essere venuta qui, Lisa. Sto così bene con te e con la tua famiglia!

– È perché sei semplice come noi, Valentina. Io sono contenta di vivere con una madre e un padre che non si lasciano condizionare da troppe formalità. Tra noi c'è molto affiatamento.

– Quando verrai a casa mia, troverai lo stesso clima. Mia madre non solo è una persona semplice: a volte mi sembra ingenua come una bambina, e mi chiede persino dei consigli quando ha a che fare con un problema famigliare o con l'acquisto di qualcosa per la casa. Mio padre fa l'impiegato e svolge il suo lavoro con scrupolo, non alza mai la voce e si informa sempre sui nostri progressi scolastici. Il fatto che lui e la mamma abbiano deciso di comune accordo di adottare Irene, ti fa capire che persone sono.

– Il mondo cambia in fretta, Valentina. Chissà se

da grandi noi saremo come loro, ragioneremo come loro, ci comporteremo come loro...

– Il mondo potrà cambiare quanto vuole, Lisa. Ma ai miei figli, se ne avrò, dirò sempre che ci sono cose giuste e cose sbagliate, e che loro dovranno cercare sempre di perseguire le prime. Poi, ovviamente, saranno liberi di ascoltarmi oppure no.

– Fino a un anno fa non mi ponevo domande del genere, e non avrei mai immaginato di parlare con te di questi argomenti. Da un lato mi sento più forte, dall'altro più fragile. Prima credevo di poter fare tutto, adesso penso di essere in grado di fare solo una parte delle cose che vorrei.

Lisa ha terminato la frase con uno sbadiglio.

– Ho sonno, Valentina. Rientriamo?

Ci siamo prese per mano e siamo tornate a casa.

Passando davanti al Barbican Theatre, mi è sembrato di sentire il monologo di qualcuno che parlava della tristezza e dell'allegria, della gioia e del dolore, della vita e della morte.

Sono rabbrividita e ho stretto più forte la mano di Lisa.

Primi bilanci, corse e passeggiate

E anche stamattina ci siamo ritrovati davanti alla scuola.

Camilla ci ha salutati con il suo solito calore, poi ci ha detto: – Buona passeggiata! E ricordatevi: alle tre precise davanti al Barbican Theatre. Non mancate, mi raccomando.

– Saremo puntuali – l'ha rassicurata Miriam facendole l'occhiolino.

Solo io ho notato quel segno d'intesa: che cosa significava?

– Rieccoci tutti insieme – ha detto Miriam quando ci siamo incamminati, ciascuno con il suo pranzo al sacco.

– Mi sembra strano – ho detto io.

– Che cosa? – mi ha chiesto Ottilia.

– Questo fatto di trovarci da soli. Ho avuto l'impressione che... come dire, volessero sbarazzarsi di noi.

– Stai scherzando?

– Ho detto che è solo un'impressione.

– Io invece sono molto contenta di poter parlare finalmente soltanto in italiano. Sapeste che fatica sforzarsi di farsi capire a casa di Christine! Comunque, ho imparato più inglese in questi giorni che in tanti mesi di scuola. Spero che non si offenda, prof.

– Al contrario! Sono molto contenta, Ottilia. Uno degli scopi del nostro viaggio a Plymouth era proprio questo: immersione totale in un ambiente linguistico completamente diverso! Qualcuno vuole già tracciare un bilancio provvisorio?

– A parte le cose viste in giro, io ho imparato molto sulla famiglia inglese – ha detto Gianni.

– Per esempio? – gli ha chiesto Miriam.

– Quando chiedono una cosa dicono sempre *please*.

– Ottima abitudine, non ti pare?

– Sì, ma non si capisce mai se uno è sincero o lo dice tanto per dire.

– È come dire "buongiorno" e "buonasera" quando ci si incontra con qualcuno per le scale. Serve a vivere meglio. Altre osservazioni?

– Mangiano troppo salato o troppo dolce – ha detto Rinaldo. – E la pasta non sanno nemmeno cos'è.

– Gliela faremo conoscere noi quando verranno a Torino – gli ha detto Miriam.

– Io a casa di Emma mi sono trovata benissimo – ha detto Irene. – Forse ha troppi animali. Ma forse sono io che, quando vedo un animale in gabbia, ho la sensazione di essere al suo posto.

– Io ho notato che gli automobilisti danno sempre la precedenza ai pedoni sulle strisce pedonali, e si fermano anche quando questi hanno appena cominciato ad attraversare – ha detto Sandro.

– Adesso che si fa? – ha chiesto Gina.

– Si cammina, si guarda e si fanno spese – le ha risposto Miriam. – Souvenir per voi o qualche pensierino da portare a mamma e a papà.

– Dove possiamo fare i nostri acquisti, prof?

– Daremo un'occhiata ai grandi magazzini Dingles, sulla Royal Parade.

I grandi magazzini Dingles si trovano al numero 40 della Royal Parade e occupano quattro piani.

Li abbiamo girati tutti e quattro ma senza comprare nulla, finché qualcuno ha detto: – Basta, mi sento soffocare.

E siamo andati via.

La Royal Parade è una grande strada con tanti spazi aperti dove si può correre e giocare.

Così, a un certo punto, ci siamo messi a rincorrerci. Salivamo e scendevamo dai gradini circolari della grande meridiana, ci nascondevamo dietro gli alberi, le panchine e le siepi: proprio come bambini ai quali viene concessa la libertà di sfogarsi in spazi sicuri.

Quando però Miriam ha visto che gli anziani seduti sulle panchine hanno cominciato a guardarci con disapprovazione, ha detto: – Forse è ora di smetterla.

Allora tutti si sono attaccati ai telefonini per chiamare casa. Ho telefonato anch'io, e mi ha risposto mia madre.

– Ciao, mamma.

– Come stai, Valentina?

– Ho un po' di affanno.

– Hai avuto un attacco di allergia?

– No. Ho corso fino a poco fa.

– E dove?

– In una grande strada di Plymouth.

– Come sta Irene?

– Ha un bel colorito: l'aria di Plymouth le fa bene.

– Vi state divertendo?

– Sì, e stiamo anche imparando tanto. Quando torno, voglio parlarti di un villaggio della Cornovaglia che mi è rimasto nel cuore. È proprio bello, mamma. Dovresti andarci con papà per le nozze d'argento.

– Allora ce ne vuole! Mi passi Irene?

Irene ha parlato a lungo con la mamma, finché ci siamo rimessi a passeggiare.

Davanti a una libreria, mi sono soffermata a osservare le copertine dei libri per ragazzi. C'erano quelli di Roald Dahl, che ho letto quasi tutti, e quelli di Katherine Paterson, un'autrice che ho conosciuto alle elementari grazie al maestro. Ho deciso di entrare e di comprare proprio un libro per Angelo. Ci tenevo a fargli un regalo.

Prima di far incartare il libro, ho scritto una dedica: *Ad Angelo, dalla sua alunna che non lo dimenticherà mai. Valentina.*

Quando siamo passati davanti a un ristorante italiano, ho dato un'occhiata al menu esposto fuori. Non c'era la pasta!

– Ma che ristorante italiano è? – ho detto a Ottilia.

– Però fanno la pizza.

– Quella ormai la fanno dappertutto. Comunque, se il locale è italiano, ci saranno i camerieri che parlano italiano. Voglio chiedere di quale regione sono.

Sono entrata e, quando ho visto un ragazzo in panciotto, pantaloni neri, camicia bianca e papillon, gli ho fatto un cenno con la mano. Il ragazzo, che doveva avere sui vent'anni, mi è sembrato subito un inglese dalla testa ai piedi.

– Parla italiano? – gli ha chiesto Ottilia.

– *What? I don't understand.*

– Ma i padroni sono italiani? Si potrebbe parlare con loro? – ho insistito.

Il ragazzo ha fatto spallucce e si è diretto verso la cucina.

– Questo ristorante di italiano ha solamente il nome! – ha detto Ottilia. – Comunque mi è venuta fame.

E siccome anche tutti gli altri erano affamati,

abbiamo cercato un posticino tranquillo sulla Royal Parade, ci siamo raccolti in cerchio e abbiamo mangiato di gusto i panini che erano stati preparati per noi.

– Che ore sono? – ha chiesto Rinaldo.

– Le dodici e mezzo – gli ha risposto Miriam.

Ancora due ore e mezzo per l'appuntamento davanti al Barbican Theatre...

Che sorpresa!

Prima di avviarci al nostro appuntamento, Miriam ci ha offerto un gelato e ha voluto che andassimo, a turno, al bagno del bar dove ci eravamo fermati.

– Datevi una sciacquata al viso e sistematevi, siete tutti in disordine – ci ha raccomandato.

– Perché? – le ha chiesto Rinaldo.

– Fate come vi dico.

– C'è qualcosa sotto, prof? – mi sono decisa a chiederle.

– Qualcosa c'è, Valentina. E forse... mah... hanno voluto così... non è da inglesi, in verità... però...

– Non potrebbe essere più chiara, prof? – ho insistito.

– Insomma, c'è una sorpresa per voi. Io però avrei voluto anticiparvela.

– Allora lo faccia!

– Non posso. Ormai ho promesso e devo mantenere la parola.

– Secondo te di che cosa si tratta, Valentina? – mi ha chiesto Ottilia, che ha cominciato ad agitarsi.

– Non ne ho la minima idea, Otti.

– Sono già stanca, e non vorrei che ci avessero preparato qualcosa che mi farà definitivamente crollare.

– Siamo nel Barbican: forse ci porteranno su una barca fino all'isola di Drake. Sarebbe carino...

Ma nessuna delle nostre ipotesi ci è sembrata verosimile. Tanto che alla fine abbiamo chiesto a Miriam: – Prof, ce lo dice?

– Stiamo morendo di curiosità!

– Non posso, ragazzi, ho promesso.

– Ma perché dobbiamo sistemarci? Dobbiamo essere presentabili per qualcosa d'importante? – ha detto Ottilia.

– Dieci minuti e saprete tutto. Un po' di pazienza, dai.

Con una curiosità che ci teneva tutti sulle spine, siamo arrivati davanti al teatro. Erano le tre precise, ma fuori non c'era nessuno.

– Beh, che fine hanno fatto? – ha chiesto Ottilia.

Come in risposta alla sua domanda, è uscita sulla strada Camilla.

– Siete stati puntualissimi – ha detto. – Grazie. Sono certa che funzionerà tutto alla perfezione. Seguitemi, vi aspettano tutti.

Chi ci aspettava?

Lo abbiamo scoperto subito.

Quando Camilla ha spinto due porte con i maniglioni antipanico, ci siamo trovati in cima a due gradinate occupate da poltroncine e separate da una scala che portava direttamente verso il palcoscenico del teatro.

Il palcoscenico era chiuso da una pesante tenda rossa e il teatro era completamente illuminato.

Tutti gli spettatori si sono alzati in piedi, ed è partito un applauso fragoroso.

All'inizio ho fatto fatica a distinguere le fisionomie delle persone. Poi ho riconosciuto il papà e la mamma di Lisa, il preside della scuola, alcune delle professoresse.

– Ma che cosa succede, Valentina? – ha balbettato Ottilia.

– Non lo so – le ho risposto sbalordita.

– La prima fila è per voi – ci ha detto Camilla. E ci ha preceduti cominciando a scendere le scale.

Ho capito che il teatro era stato riempito dai ragazzi della scuola, dalle professoresse, dal preside, dai genitori che ci avevano ospitato.

Non vedevo però né Lisa, né nessun altro dei nostri amici.

Abbiamo preso posto, ancora storditi da quell'accoglienza, e ho notato che ai due lati del palcoscenico c'erano la bandiera inglese e quella italiana.

Mi sono girata verso Miriam e le ho chiesto sottovoce: – Lei era al corrente di questa cosa, prof?

– Sì, Valentina.

– Adesso cosa succede?

– Lo vedrai presto.

All'improvviso il brusio è cessato e si è fatto silenzio. E da un punto nascosto del teatro si sono levate le note di *God Save the Queen*. Tutti si sono alzati in piedi, e io e i miei compagni abbiamo fatto altrettanto. Avevamo imparato a memoria l'inno nazionale inglese durante la preparazione del nostro viaggio, ma non avrei mai immaginato di trovarmi a cantarlo in una situazione che sembrava tanto solenne, senza che sapessi perché.

God save our gracious Queen,
Long live our noble Queen,
God save the Queen!
Send her victorious,
Happy and glorious,
Long to reign over us;
God save the Queen!

O Lord our God, arise,
Scatter her enemies
And make them fall;
Confound their politics,
Frustrate their knavish tricks,
On Thee our hopes we fix,
Oh, save us all!

Thy choicest gifts in store
On her be pleased to pour;
Long may she reign;
May she defend our laws,
And ever give us cause
To sing with heart and voice,
God save the Queen!

Al termine dell'inno tutti ci siamo riseduti.

Finalmente le luci si sono spente e il sipario si è aperto su una scena che mostrava l'interno di un locale con un bancone da falegname e un ciocco di legno. Poco dopo è entrato un ragazzo vestito da vecchietto con un'ascia in mano.

– Ma… è William! – ho esclamato.

Il vecchietto si è avvicinato al ciocco e con voce stridula ha detto: «*This has come in the nick of time. I shall use it to make the leg of a table!*».

– Pinocchio! Mastro Ciliegia! – ho esclamato di nuovo.

– Shhh! Non disturbare, Valentina – mi ha bisbigliato Miriam, sorridendo.

Ma avevo indovinato: sul palcoscenico del Barbican stavano rappresentando la storia di *Pinocchio*, il nostro più famoso burattino. Poco dopo è entrato in scena Douglas, travestito da Geppetto. A mano a mano che lo spettacolo proseguiva e le scene cambiavano, ho riconosciuto tutti i ragazzi della classe di Camilla. La parte di Pinocchio era stata affidata a Joseph, quella della fata turchina a Lisa.

Alla fine di ogni scena, dal teatro partivano scrosci di applausi. Applaudivo anch'io, non solo perché gli attori erano bravi, ma perché mi emozionava vedere Pinocchio in terra straniera.

– Ti saresti mai aspettata una cosa del genere? – mi ha chiesto Ottilia durante l'intervallo.

– Mai.

– Non c'è che dire, hanno fatto le cose in grande! Sono davvero emozionata.

Lo ero anch'io. Ci stavano facendo davvero un grande regalo.

Alla fine dello spettacolo tutti gli attori si sono presi per mano, hanno fatto una serie di inchini e si sono goduti gli interminabili applausi.

Il preside ci ha chiesto se ci eravamo divertiti, Camilla era raggiante, i genitori venivano a stringerci la mano e noi non sapevamo più a chi dare retta e cosa dire. Perciò ci siamo limitati a sorridere e a rispondere a tutti: *thank you, thank you.*

Ma quando è venuta a salutarmi zia Ellen, in compagnia di Charles, ho sbarrato gli occhi.

– *Surprised?* – mi ha chiesto.

– *I'm very much surprised!* – le ho risposto.

– *I knew all about it, but I couldn't tell you. Lisa was marvellous, wasn't she? And now, a light refreshment.*

– C'è anche il rinfresco – mi ha tradotto Miriam.

Lisa mi ha raggiunta quasi subito.

– Ti è piaciuto? Sono stata brava? – mi ha chiesto affannata e con tracce di trucco sul viso.

– Sei stata bravissima! Sei un'attrice nata.

– Sapessi quanto tempo ci abbiamo messo per prepararci! Volevamo che fosse la sorpresa più bella per voi, in questo viaggio.

– E siete davvero riusciti a sorprenderci. Mi sono persino commossa.

– Con i miei nonni sono stata per ben tre volte al Parco Collodi, ed è proprio a me che è venuta l'idea di rappresentare *Pinocchio*. Camilla l'ha approvata subito, ed eccoci qui! Adesso fammi mangiare qualcosa, perché sono proprio affamata.

Su lunghi tavoli c'erano salatini, biscotti, panini, tramezzini, caramelle, bibite. I ragazzi si abbuffavano, mentre io ho spiluccato solo qualcosa.

Tazio mi si è avvicinato e mi ha offerto un tramezzino che a suo dire era buonissimo.

A poco a poco le famiglie hanno lasciato il teatro, e alla fine sono rimaste solo quelle dei nostri amici per accompagnarci a casa. Zia Ellen è venuta a salutarmi ancora e Charles mi ha fatto un inchino.

– *You are a very nice person* – gli ho detto.

– *Thank you, Valentina. I appreciate it.*

– *He is a good man* – ha detto zia Ellen, fissando Charles con uno sguardo quasi materno.

A cena io e Lisa abbiamo mangiato poco e siamo andate a rinchiuderci subito nella nostra camera.

– Tra due giorni ripartite. Che peccato, Valentina.

– Ma fra tre settimane ci rivediamo.

– Per fortuna! Ah, sono orgogliosa di ciò che io e i miei compagni abbiamo fatto a teatro. Ma se non fosse stato per il preside e i genitori, non sarebbe stato possibile. La scuola ha affittato il teatro e i genitori hanno realizzatole scenografie e i costumi.

– Ho capito che la nostra visita a Plymouth non ha avuto nulla di formale. Insomma, che vi ha fatto davvero piacere riceverci. Mi sono sentita accolta con simpatia e affetto, e di questo sono grata a tutti.

– Prima di andare a dormire, vorrei fare una passeggiata nel Barbican. Ne hai voglia?

Non era tardi, ma le strade del Barbican erano quasi deserte. La poca gente in giro se ne stava nei pub o tornava frettolosamente a casa.

Accanto al molo, le barche oscillavano pigramente nell'acqua. In cielo c'era la luna: non l'avevo mai vista così luminosa e piena. Si rifletteva nel mare come se si specchiasse vanitosa, e colorava d'argento i tetti delle case.

Dai miei viaggi mi porto dietro tante cose: volti di persone, suoni di voci, colori di paesaggi. Ma sono le notti che mi restano più impresse nella mente e nel cuore, quando si è da soli con se stessi e si pensa a ciò che finisce e a ciò che nasce.

Questa notte di luna a Plymouth non l'avrei mai dimenticata.

Siamo tornate a casa tenendoci per mano, mentre in lontananza mi sembrava di sentire il richiamo amoroso dei gabbiani.

Ultimo giorno, un'intervista e l'addio

Stamattina, a scuola, tutti si complimentavano con i nostri amici per lo spettacolo della sera prima.

Dopo l'intervallo di metà mattinata si è tenuta un'assemblea con le classi. Il preside voleva darci il saluto ufficiale.

– Grazie per essere venuti nella nostra scuola – ci ha detto. – Sono stati giorni in cui abbiamo imparato tutti qualcosa: noi grandi abbiamo riflettuto sul rapporto fra gli adulti e i ragazzi; voi avete avuto modo di confrontare i vostri sogni e le vostre aspettative di giovani. Forse un giorno, da grandi, tornerete a Plymouth, e sono certo che le strade, le piazze, i monumenti, il mare saranno ancora carichi dei vostri ricordi. Andrete a cercare i posti dove avete lasciato qualcosa di voi, e magari tornerete anche in questa scuola, dove troverete una nuova generazione di ragazzi, spero aperta e curiosa come voi. Più tardi verrà a trovarci il giornalista di un quotidiano locale per farvi alcune domande sulla vostra esperienza.

Ha preso la parola anche Miriam, che si è detta commossa dell'accoglienza che ci era stata riservata e ha promesso che i nostri amici inglesi sarebbero stati accolti a Torino con altrettanta cordialità e affetto.

Il giornalista, del *Western Morning News*, è arrivato poco prima di mezzogiorno. Era accompagnato da un uomo con una macchina fotografica, e abbiamo dovuto metterci in posa più volte, finché non è stato soddisfatto.

Camilla ha tradotto le nostre risposte e l'uomo si è mostrato molto interessato.

– Quando veniamo a Torino, vi porteremo alcune copie del giornale – ha detto Camilla.

– Avrete una lunga strada da fare – le ha detto Miriam.

– Due papà hanno deciso di accompagnarci.

– Allora sarà tutto più facile. Come possiamo ospitarli?

– Hanno già prenotato una stanza all'Hotel Roma, vicino alla stazione di Porta Nuova.

– Lo conosco – ho detto. – Si trova in piazza Carlo Felice.

Ho passato il resto della giornata in compagnia di Lisa, e abbiamo chiacchierato a lungo prima di addormentarci.

– Torino ti piacerà – le ho detto. – Ma ti farò visitare anche le Langhe, dove vivono i miei nonni. E passeggiando tra le colline, forse avrai un po' l'impressione di essere in Cornovaglia.

– Non sono mai salita su una grande montagna, Valentina. E le vostre Alpi mi affascinano da sempre.

– Ci abbiamo già pensato, ma ancora non sappiamo se portarvi in Valle d'Aosta, alla base del Cervino, o ai piedi del Monviso, dove nasce il Po. Dipenderà dal tempo.

Alle otto e trenta in punto, il custode della scuola ci ha accompagnati alla stazione di Plymouth con il pulmino.

Mentre salutavamo i nostri amici, qualcuna di noi si è messa a piangere. Ma il pensiero che ci saremmo rivisti tra poche settimane, ci ha fatto sentire un po' meno tristi.

Il treno è partito in orario e Roberto ha chiesto a Miriam: – Sarà come all'andata, prof?

– Tale e quale.

– Mi sento già svenire!

Quando il treno ha cominciato a costeggiare il mare, ho chiuso gli occhi, ho posato la testa sulla spalla di Tazio e mi sono lasciata cullare dal treno e dai ricordi.

Plymouth
SCHOOL BUS

Indice

CHI È ANGELO PETROSINO?

Care lettrici e cari lettori, ho pensato di parlarvi di me perché mi chiedete sempre di farlo quando vi incontro nelle scuole o nelle biblioteche. Sono sempre stato un bambino vivace e curioso. Non stavo mai in casa e mi arrampicavo sugli alberi, per guardare il mondo dall'alto. Era facile, perché abitavo in campagna. Poi un giorno ho lasciato il mio paese perché mio padre aveva trovato lavoro in Francia. Avevo dieci anni. Ho vissuto esperienze indimenticabili prima in Auvergne poi a Parigi. Tornato in Italia, ho dovuto imparare di nuovo l'italiano. Per questo oggi la lingua italiana è per me il patrimonio più prezioso: di ogni parola amo il suono, il significato, le immagini che evoca. Non pensavo che un giorno mi sarei trovato a insegnarla. All'inizio infatti ho studiato da perito chimico. Poi un giorno mi sono affacciato a un'aula di scuola elementare. Ero imbarazzato. «Come ci si comporta

Angelo a dieci anni, in Auvergne

con i bambini?» mi sono chiesto. Allora ho ricordato che i momenti più belli della mia infanzia erano quando mio nonno mi raccontava storie. Così ho cominciato a leggere ai miei alunni. Da allora sono diventato "il maestro che racconta storie". Ma ho sempre ascoltato le storie, i desideri, i sogni dei bambini. Quante cose ho imparato! Col tempo ho iniziato a scrivere libri in cui i protagonisti erano proprio loro. Così è nato il personaggio di Valentina: curiosa, irrequieta, intelligente, capace di ascoltare le sue emozioni e con una gran voglia di vivere.

Angelo Petrosino

A proposito, mi piacerebbe sapere cosa ne pensate dei miei libri. Se volete, scrivetemi qui:

www.angelopetrosino.it

Prometto una risposta veloce e personale a tutti!

Angelo Petrosino

CHI È SARA NOT?

Sara Not disegna Valentina da un bel po', tanto che sono diventate delle vere amiche!
Una volta Valentina è anche andata a trovarla a Trieste e ha conosciuto l'intrepida cagnolina Sissi, l'infaticabile aiutante illustratrice, che segue Sara ovunque e regala ottimi consigli in fatto di grafica e design. A Trieste hanno giocato con la bora, come faceva Sara quando era una bambina: negli angoli più esposti aspettava i refoli più veloci e interpretava la parte di una principessa che lotta contro mostri terribili. Vinceva sempre lei oppure, all'occorrenza, arrivava qualche principe azzurro a liberarla, giusto in tempo per l'ora della merenda.

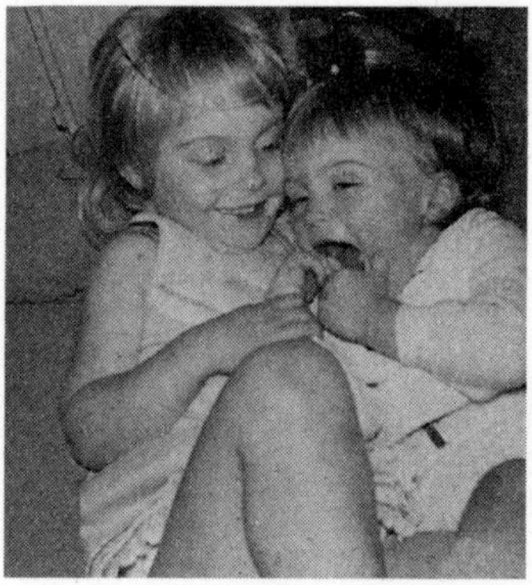

Sara a quattro anni, con la sorellina Elisa

Siccome sua sorella Elisa preferiva giocare a calcio con i maschi, che giocare alle bambole con lei, Sara si chiudeva in camera sua.

E disegnava, disegnava, disegnava. Per ore e ore. Per giorni interi. Di tutto. Ma soprattutto le persone: persone che parlano, corrono, dormono, mangiano, da sole, in gruppo, che fanno festa, felici o tristi, vestiti, nudi, grassi, magri, alti e bassi, insomma di tutti i tipi. Odiava disegnare le automobili e tutto ciò che avesse un motore.

Sara Not

Oggi Sara è cresciuta ma ama sempre molto la bora, che le regala cieli azzurri, aria pulita e idee fresche di giornata. Anche la sua famiglia si è allargata: c'è sempre la pelosa Sissi, amica fedele, ma anche un innamorato francese con le spalle larghe che la porta in giro su una moto rombante e il suo bel bambino, un portento della natura, tutto biondo e piccolino, con gli occhi grandi: il suo piccolo principe.
Solo per lui oggi Sara disegna macchine, treni, trattori, camion, tir, ruspe, scavatrici, aerei, elicotteri, motociclette, motoscafi, navi, navette spaziali e chi più ne ha più ne metta!

IL DIARIO SEGRETO DI VALENTINA

Il libro racchiude un intero anno di confidenze, amori, avventure, raccontate direttamente alle lettrici di Valentina dalla penna della loro beniamina!

UN MISTERO A ROMA PER VALENTINA

Durante una vacanza a Roma, Valentina e Ottilia assistono a una conversazione tra due uomini riguardo alcuni preziosi oggetti. Da quel momento la vacanza si trasformerà in un vero e proprio giallo...

I CONSIGLI DI VALENTINA

Un vero e proprio manuale dove si possono trovare i consigli di Valentina riguardo ai più svariati argomenti, dalla bellezza alla salute, dall'alimentazione agli animali. Con un apparato di divertenti attività.

IL MONDO DI VALENTINA

Un super-libro che le fan di Valentina non potranno lasciarsi sfuggire: raccoglie infatti una storia inedita, le curiosità su tutti i personaggi della serie e un'appendice di giochi e consigli…

Angelo Petrosino

V=Valentina

Ciao, sono Valentina!
Adesso ho tredici anni, vado alle medie
e ho un sacco di nuovi amici. Non vedo l'ora di
raccontarvi le mie ultime novità!

CIAO, SONO VALENTINA,
VIENI A SCOPRIRE IL MIO SITO!

www.ilmondodivalentina.it